ATHENAÏS

ENTRE FEMME ET LOUVE

Dédicace

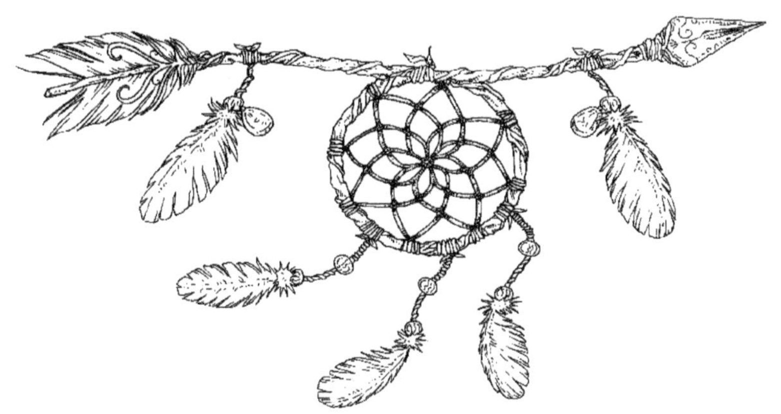

Remerciements

Un livre est toujours une aventure, un nouveau défi à relever.

Essayer de coucher sur le papier son univers n'est pas chose si facile.

Heureusement que j'ai près de moi des personnes qui me soutiennent, des personnes qui croient en moi.

Un très grand merci à ma béta pour ses heures passées à me relire, à me corriger et elle a bien du courage car il y a du boulot ;o).

Un grand merci à mes parents, à mes amis.

ET un super merci à mes lecteurs qui me soutiennent, m'envoient des petits messages, me suivent et s'enthousiasment pour mon univers, mes livres et mes héroïnes qui n'ont pas toujours un caractère facile. Mais de qui tiennent-elles cela ? Je ne sais pas !

J’espère qu’Athenaïs vous emportera dans son monde et que vous prendrez autant de plaisir à le lire que j’ai eu à l’écrire.

Bonne lecture

Bisous les loulous

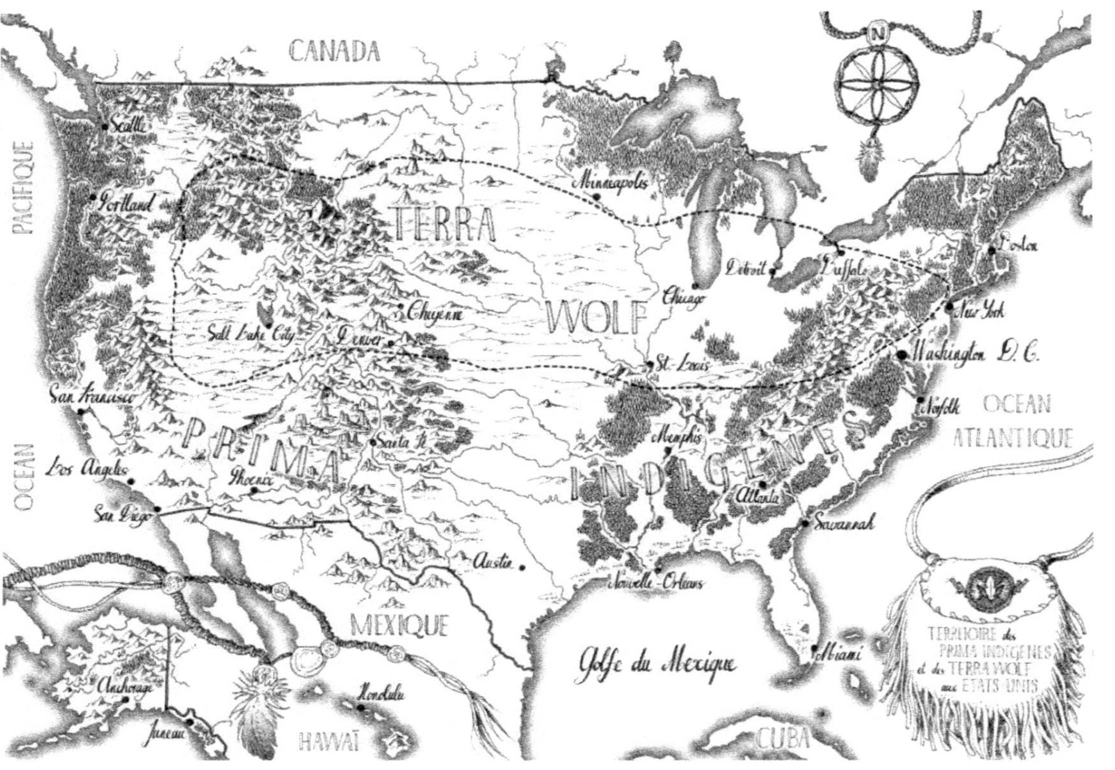

CANADA
PACIFIQUE
OCEAN
TERRA
WOLF
PRIMA
INDIGENES
OCEAN
ATLANTIQUE
Golfe du Mexique
MEXIQUE
HAWAÏ
CUBA
Seattle
Portland
San Francisco
Los Angeles
San Diego
Salt Lake City
Phoenix
Denver
Cheyenne
Santa Fe
Austin
Minneapolis
Chicago
Detroit
Buffalo
St. Louis
Memphis
Nouvelle-Orléans
Atlanta
Savannah
Miami
Norfolk
Washington D.C.
New York
Boston
Anchorage
Juneau
Honolulu
TERRITOIRE des
PRIMA INDIGENES
et des TERRA WOLF
aux ETATS-UNIS

Prologue

Il y a près de cent ans, les principes fondamentaux qui régissent nos vies ont volé en éclats.

À la suite d'une déforestation massive, une race qui jusque-là vivait en harmonie avec la nature est apparue.

Tout d'abord, ils créèrent une panique sans précédent dans le monde des humains, ce monde où ils se croyaient tout-puissant.

Ils devaient maintenant partager leur terre et leur savoir-faire avec des métamorphes.

Le monde découvrait cette race qui vivait parmi eux depuis des milliers d'années.

Des hommes capables de se métamorphoser en animaux, plus précisément en loups.

Les débuts furent difficiles, les hommes ne voulaient pas changer et voulaient continuer à se considérer comme les maitres du monde, ils ne voulaient absolument pas partager la terre. Mais sous peine d'être anéanti par ces féroces prédateurs, le monde des humains a dû faire des concessions.

Sous leur forme humaine, les métamorphes ressemblaient à n'importe quel humain, sauf que pour la plupart d'entre eux, leurs yeux ressemblaient à ceux d'un fauve qu'ils soient en métamorphe ou en homme. Seuls quelques-uns avaient les yeux d'un humain.

Lorsqu'ils se transformaient en métamorphes, ils ressemblaient à des loups de très grande taille. Grands comme des poneys. Ils arrivaient à la taille d'un homme d'un mètre quatre-vingt.

Bien qu'avec les années, ils se soient civilisés et bien adaptés à la technologie des humains, ils restent des prédateurs et leur instinct animal est puissant.

Le monde est désormais partagé entre celui des humains, le territoire des PRIMAS INDIGÈNES, et celui des métamorphes, le territoire des TERRA WOLF.

Afin que tout le monde puisse vivre en harmonie, des peuples entiers changèrent de territoire. Les humains qui se trouvaient sur les terres des Terra Wolf durent partir afin de vivre dans leur monde, celui des Primas Indigènes. Il en fut de même avec des métamorphes qui quittèrent leur forêt et leur territoire afin de vivre sur les terres des Terra Wolf. Cela ne fut pas sans conséquence et sans heurts.

Chaque territoire est bien défini et bien délimité par une clôture de trois mètres de haut. Aucun humain n'ose s'aventurer sur le territoire des Terra Wolf sans permission sous peine de mort. Inutile de dire que l'on ne retrouvait pas les corps. Pas de corps, pas de procès.

Chaque race utilise ses propres transports et gère son territoire comme bon lui semble.

Une fois par an, les différents camps se réunissent afin de voir et revoir les choses qu'il faut améliorer et ce que l'on peut négocier.

Ainsi va le monde d'aujourd'hui.

CHAPITRE 1

Le voyage

« Enfin, New York te voilà »

Athenaïs venait d'atterrir à l'aéroport Kennedy de New York. Ouah quel aéroport, immense, mais dès son arrivée, le personnel très souriant de l'aéroport JFK l'a accueilli et dirigée vers la sortie qu'elle atteignit après quelques kilomètres. Cela faisait plusieurs années qu'elle rêvait de visiter cette grande ville des États-Unis.

Elle rêvait aussi de faire beaucoup de voyages, mais son petit salaire ne lui permettait pas ces fantaisies. Elle arrivait tout juste à joindre les deux bouts, certaines fins de mois étaient difficiles.

Lorsqu'elle posait ses cinq semaines de vacances annuelles, c'était pour aller travailler dans les vignes, être serveuse dans des endroits où elle ne pouvait pas aller : montagne, bord de mer. Cela lui permettait de voyager à moindres frais, mais aussi de mettre un peu d'argent de côté pour faire face aux imprévus comme les pannes de sa vieille voiture.

Depuis que ses parents étaient décédés dans un accident de voiture il y a près de dix ans, elle s'assumait seule. Fille unique, elle était désormais orpheline, chaque jour était une souffrance pour elle, la mort de ses parents qu'elle adorait fut un déchirement. Elle ne s'n'en était pas tout à fait remise. Elle ne connaissait pas ses cousins, cousines, oncles et tantes. Ses parents ayant coupé les ponts avec leurs proches respectifs il y a bien des années, à la suite d'histoires familiales dont elle ignorait les tenants et les aboutissants.

Française d'un mètre soixante-dix, châtain aux yeux bleus, Athenaïs était secrétaire juridique internationale dans une grande société franco-américaine basée dans la zone d'activité d'Arras. Sa société était leader sur le marché de la vente de fruits et légumes mis en boîte.

À trente ans, elle était encore célibataire et sans enfant, une vie simple et solitaire. Malgré tout, elle aimait sa vie. Ses passions étaient la lecture et l'écriture. Elle passait beaucoup de temps à la bibliothèque afin d'emprunter les livres qui lui faisaient envie car elle n'avait pas les moyens d'en acheter. Elle aimait les histoires d'amour passionnantes et passionnelles qui la transportaient dans des mondes de rêve. Elle aurait aimé avoir une vie comme ces héroïnes, mais cela n'était jamais arrivé.

Aussi, avait-elle sauté de joie lorsque le directeur de sa société lui avait proposé de participer à un séminaire à New York. Elle, la petite secrétaire effacée et timide.

— Mademoiselle Dubois, vous êtes la personne qu'il me faut, j'ai confiance en vous et vous méritez ce petit voyage. Je compte sur vous pour me faire un rapport détaillé.

—Monsieur Jonhson, merci de cette confiance. Je vous promets d'être à la hauteur de cette mission.

Sa joie fut de courte durée lorsqu'elle apprit que le séminaire portait sur les nouvelles techniques de production. Elle était secrétaire et pas responsable de production. Bien sûr, elle parlait couramment anglais, mais on lui demandait de remplacer le technicien qui devait y aller et qui était en arrêt maladie.

Son supérieur, Monsieur Jonhson, lui expliqua que la formation avait été validée et réglée et qu'il n'avait pas trouvé de technicien parlant anglais. Il s'était donc résigné à faire appel à elle afin de rentabiliser au mieux celle-ci. Athenaïs ne se sentait pas bien, on la prenait pour une bouche trou. Mais son superieur l'avait rassurée, mis en confiance. Il l'avait briefé sur les termes techniques de cette formation. Il lui demanda de n'en parler à personne dans la société, car elle ferait des jaloux si on savait que c'était elle qu'on envoyait là-bas et non pas une personne de plus haut rang. Son chef lui dit aussi que c'était une sorte de récompense pour toutes ces années de bons et loyaux services.

Jusqu'au départ, elle avait douté d'être à la hauteur, elle ne voulait décevoir personne. Mais elle finit par se convaincre qu'on l'avait choisie pour son professionnalisme. Après tout, elle était secrétaire et son travail consisterait à prendre des notes. Donc à faire du secrétariat.

Elle fut accueillie à l'aéroport par un homme qui tenait une pancarte avec son nom. Elle avait l'impression de vivre un rêve, d'être dans un film ou dans un de ses livres qu'elle affectionnait tant.

Pour couronner le tout, il la conduisit dans un grand hôtel. Le Four Seasons, Superbe établissement dans le centre de New York, entre Central Park et Madison Avenue. Dans le principal quartier commerçant de Manhattan.

L'homme viendrait la prendre dans deux jours afin de l'emmener au séminaire. En attendant, elle avait quartier libre.

À peine arrivée, un coursier vint prendre sa valise, il l'emmena jusqu'à l'accueil. Lorsqu'elle pénétra dans le hall de l'hôtel, elle fut stupéfaite, il était immense, clair avec des colonnes taillées. Un superbe escalier la mena à l'accueil.

Le maître d'hôtel lui remit sa carte et donna des instructions au chasseur qui la mena à sa chambre au 35e étage. Une chambre panoramique où la vue était stupéfiante. Mais Athenaïs ne s'approcha pas trop près des fenêtres, car elle avait le vertige. Elle ne rentra même pas dans le chambre. Elle resta à la porte.

— Excusez-moi, mais pourrais-je changer de chambre ?

— L'hôtel est plein, cela va être compliqué. Y a-t-il un problème ?

— Oui, je ne peux pas rester dans une chambre qui est à cette hauteur. Il doit bien y avoir des personnes qui seraient prêtes à échanger leur chambre du 5e étage ou d'un étage inférieur contre la mienne. Bien sûr, je ne demande pas de compensation de la différence, juste un échange.

— Les chambres du bas sont beaucoup moins grandes et moins lumineuses que celle-ci.

— Oui, je comprends, mais je ne vais pas pouvoir me détendre ici. Je suis d'accord avec vous, cette chambre est magnifique, la vue aussi, mais je ne peux pas passer mes nuits à dormir ici près de l'entrée. C'est trop me demander.

— Je comprends, je vais me renseigner, veuillez patienter.

Le jeune homme revint un peu plus tard.

— C'est bon, un homme est heureux de faire l'échange avec vous, veuillez me suivre. La chambre que l'on vous a attribuée est une city view de luxe. Soixante mètres carrés avec un lit king size avec vue sur la 58e. Elle devrait vous plaire.

— Je n'en doute pas, remerciez le directeur pour son aide et sa compréhension.

— Ce n'est rien, si nous pouvons faire plaisir à nos clients, nous le faisons.

En effet, la chambre était spacieuse, luxueuse.

Dès que le chasseur fut parti, elle se fit couler un bain. Après dix heures de transport, elle avait besoin de se délasser. Quel bonheur de se laisser aller dans un bain chaud et moussant ! La baignoire était équipée de jets pour jacuzzi, elle ne put résister et les mit en route.

Une sensation de bien-être l'envahit. Quel plaisir, son corps se détendit et elle se laissa aller, savourant chaque minute.

Après un moment, elle finit par sortir. Elle se sécha, se rhabilla et alla au restaurant, le Ty Bar.

L'ambiance était cosy et très rouge. Toute la décoration et l'ameublement étaient une déclinaison de rouge. Les fauteuils et les sièges, certains murs et tentures de fenêtres étaient dans les mêmes tons.

Elle commanda d'abord un cocktail puis demanda une salade Caesar et un verre de vin.

Épuisée par ce long voyage, elle ne s'attarda pas et rentra rapidement à sa chambre. Elle s'endormit rapidement. À son réveil, le lendemain matin, elle se sentait bien. Après un gargantuesque petit déjeuner à base de pancakes, de sirop d'érable, de yaourt et de jus de fruits.

Elle sortit et marcha sur la 58e rue et alla jusqu'à Central Park. Elle avait revêtu une tenue décontractée, baskets avec talons compensés bien sûr, car Athenaïs était très féminine, jeans, tee-shirt et blouson en cuir très fashion.

Elle réussissait malgré ses faibles revenus à s'habiller tendance. Elle achetait ses habits dans des friperies, elle y trouvait des habits de seconde main, mais de qualité.

Lorsqu'elle entra dans le mythique parc, elle se croyait en plein rêve. Elle suivit un chemin et arriva vers un étang et un magnifique pont de pierre de forme ancienne. Elle décida de monter dessus. Elle s'arrêta un moment sur ce pont et regarda les canards. Puis, elle prit son temps et s'amusa à observer les passants, les touristes. Le temps était magnifique.

C'était incroyable. Elle était à Central Park, elle, la petite secrétaire. Elle se dit que si cela était possible, alors tout était possible. Peut-être allait-elle finir par trouver le grand amour.

Après tout, Athenaïs était une magnifique jeune femme, mince, sportive et plutôt intelligente.

Elle rebroussa chemin et se promit de revenir le lendemain matin afin de faire son petit footing. Le parc était très grand, elle pourrait facilement courir plusieurs heures. Elle aimait courir, ce sport était pour elle un moment d'évasion, écouteurs sur les oreilles, alternance de musique rythmée et douce. Elle aimait courir, les écouteurs sur les oreilles. Elle s'était composée une playlist qui correspondait à sa course.

Elle rentra tranquillement à son hôtel afin de se restaurer puis elle ressortit pour prendre un autocar qui proposait des visites guidées.

Le bus commençait par Central Park Ouest.

On lui donna des détails sur le Dakota Building. Immense bâtisse à l'architecture impressionnante qu'elle avait admirée en passant la veille. Ce bâtiment était surtout connu pour avoir été la résidence de John Lennon et surtout pour être l'endroit où il fut assassiné. Elle apprit entre autres qu'il datait de 1884.

Ils se rendirent ensuite dans les quartiers de l'Upper West Side et de Harlem. Elle en profita pour repérer les nombreux et célèbres musées de New York, dont le muséum d'Histoire naturelle, le musée Guggenheim et le Métropolitan. Elle fut enchantée par cette visite. Elle passa une journée de rêve.

À son retour à l'hôtel, un message l'attendait à l'accueil.

« Une voiture viendra vous prendre devant votre hôtel à 9h00. Soyez à l'heure. H »

Elle dîna dans le restaurant The Garden. Très cosy mais cette fois-ci, le mobilier était vert et il y avait çà et là de très grands arbres. Si on avait dit à Athenaïs qu'elle mangerait dans un restaurant tout vert avec des arbres à l'intérieur, elle ne l'aurait pas cru.

Elle se coucha de bonne heure, car le lendemain, elle devait se lever tôt afin de commencer sa première journée de formation.

Lorsqu'elle s'endormit, elle se dit qu'elle avait beaucoup de chance.2

Elle était heureuse d'être là et d'être la petite veinarde qui passait un moment sublime et inoubliable.

CHAPITRE 2

Le piège

Athenaïs se leva de bonne heure afin de faire son footing dans Central Park. Elle ne s'était jamais sentie aussi légère. Elle courut pendant plus d'une heure. Fatiguée mais heureuse, elle rentra prendre sa douche. Après un rapide petit déjeuner, elle sortit à l'heure convenue afin de monter dans la voiture qui l'attendait. Elle avait revêtu une tenue classe mais confortable, avec une belle veste bleue marie, une chemise blanche, un jean bleu foncé et une paire d'escarpin blanche qu'elle aimait beaucoup. Elle avait pris avec elle son sac et avait pris soin de ne pas oublier son carnet de prise de notes et un crayon.

Une superbe berline de standing noire avec les vitres teintées à l'arrière la laissant invisible au monde extérieur. Le chauffeur l'attendait devant la voiture et lui ouvrit la portière. L'intérieur était luxueux et tout en cuir.

Athenaïs n'était jamais montée dans une telle voiture. Décidément, ce voyage était extraordinaire. Elle était aux anges, elle avait l'impression d'être une femme très riche qui voyageait à New York.

Ils sortirent de Manhattan, longèrent le Bronx et s'éloignèrent de New York en passant par le Georges Washington Bridge. Elle vit qu'elle était maintenant dans le New Jersey. Le temps lui sembla interminable. Elle se demanda pourquoi, on lui avait pris un hôtel aussi loin du lieu de la formation. Elle avait vu sur la route et non loin de l'usine de beaux hôtels. Non qu'elle s'en plaignait mais elle trouvait que cela faisait beaucoup de dépenses pour une simple formation.

Au loin, elle voyait les clôtures qui séparaient les Terra Wolf et les Primas Indigènes. Elle n'avait jamais vu ces clôtures en France, car elle habitait loin de la frontière. Elle ne pensait pas qu'elles étaient aussi hautes.

La voiture s'arrêta enfin devant un poste où un gardien leur ouvrit la barrière. Il y avait devant eux une grande bâtisse blanche rectangulaire, entourée d'un immense grillage.

Athenaïs fut surprise de voir un tel dispositif. D'après ce que son patron lui avait expliqué, ce n'était qu'une unité de production de produits alimentaires. Elle trouva le bâtiment étrange et peu conventionnel pour une usine. Elle commença a trouvé tout cela de plus en plus bizarre.

Une femme vint l'accueillir. Elle était chaleureuse, mais Athenaïs ne la trouvait pas très sympathique.

— Athenaïs, bienvenue chez nous. Votre voyage vous est-il agréable ?

— Bonjour madame, oui beaucoup, comment ne pas aimer. New York et l'hôtel, tout est magnifique.

— Parfait, venez avec moi, nous allons commencer.

— Pouvez-vous me dire pourquoi vous avez autant de barbelés autour de votre usine ?

— Nous ne sommes pas loin de la frontière des Terra Wolf et il nous est arrivé par le passé d'être attaqués par ces animaux. Ne vous inquiétez pas, nous maîtrisons la situation. Venez, entrez.

Athenaïs hésita longuement, elle ne voulait pas entrer dans cet endroit mais elle fut poussée à l'intérieur par le chauffeur.

À peine Athenaïs fut-elle entrée dans la bâtisse qu'elle sentit une piqûre dans son bras droit. Sa vue se troubla et ses jambes se dérobèrent. Elle perdit connaissance.

Lorsqu'elle se réveilla, elle était dans une sorte de cellule, allongée sur un lit. La chambre était composée d'un lit, d'un lavabo et de quelques produits d'hygiène.

Elle scruta l'espace sans fenêtre, il y avait en face d'elle sur la droite une porte et le reste du mur était composé d'une glace sans tain.

Elle était habillée avec une blouse d'hôpital et n'avait que ses sous-vêtements sous cette blouse. Elle ne trouva pas ses chaussures.

Elle prit peur, se leva rapidement et essaya d'ouvrir la porte. Elle était fermée. Elle commença à hurler et à tambouriner sur la porte.

Lorsque celle-ci s'ouvrit, un homme colossal la repoussa d'une seule main. Il était fort. Elle glissa sur le sol et alla se cogner contre un mur.

— Calme-toi, ça ne sert à rien de crier.

— Pourquoi est-ce que vous m'avez enfermée ? Je suis stagiaire chez vous. Je ne devrais pas être ici.

— Je sais très bien qui tu es Athenaïs et si nous t'avons fait venir ici, c'est parce que nous avons besoin d'un cobaye humain afin de tester des formules que nous avons mises au point.

— Des formules, mais quelles formules ?

— Nous essayons d'acquérir la force des métamorphes. Nous avons des cobayes métamorphes et nous avons besoin de cobayes humains, et tu es parfaite. Jeune, en bonne condition physique, mais aussi orpheline et sans amis.

— Mais vous êtes fou ! Ma société va s'apercevoir que j'ai disparu !

— Allons, allons, c'est ton directeur qui nous a proposé ton nom et nous a promis qu'il n'y aurait pas de problème avec toi. Aucun de tes collègues ne demandera de tes nouvelles et au pire, ton responsable dira que tu te plaisais tellement ici que tu as demandé à y rester pour travailler. En plus, il a dit que tu étais quelqu'un de corvéable à merci et une personne qui ne se rebellait jamais. Il nous a assuré que tu serais la parfaite cobaye obéissante.

— Oh, mon Dieu, laissez-moi sortir !

— Alors, je vais être clair avec toi : soit tu coopères et nous ferons en sorte que tu souffres le moins possibles, soit tu résistes et nous ferons de ton séjour ici un enfer. De toute façon les expériences seront faites quand même. Je te laisse réfléchir. Je viendrai tout à l'heure pour les premiers examens.

Il sortit sans attendre sa réponse.

Athenaïs commença à pleurer. Tout avait beaucoup trop bien commencé. Elle n'avait jamais eu de chance dans la vie. Elle aurait dû se douter que tout était trop beau pour elle. Elle pensait que la roue avait enfin tourné et qu'elle aussi avait droit à sa part de bonheur.

Elle s'était posé la question à plusieurs reprises. Pourquoi l'avait-on choisie, elle et pas cette Lucie, la maîtresse du patron qui était aussi secrétaire bilingue ?

Elle n'avait jamais eu de chance. Alors pourquoi est-ce que cela changerait ?

Mais, je vais être plus maline qu'eux, je vais repérer les lieux et m'évader, pensa-t-elle. Elle ne se faisait pas d'illusion, elle savait qu'elle allait mourir. Elle en savait déjà beaucoup trop. Elle décida donc de jouer leur jeu.

Lorsque le colosse revint, il lui demanda de le suivre. Elle le suivit docilement. Elle regarda discrètement autour d'elle afin de se repérer. Les couloirs étaient lumineux, aseptisés comme dans un hôpital. Elle partit vers la gauche. Après plusieurs mètres, elle bifurqua vers la droite avant d'arriver devant une grande double porte. C'était une salle d'examen toute blanche avec des armoires grises en fer sur le mur de droite. Une armoire avec des vitres était disposée dans le fond de la pièce. Elle laissait entrapercevoir les produits qui étaient à l'intérieur. Au milieu, il y avait une table d'examen blanche et un petit chariot blanc avec des seringues et des pansements.

Elle fut auscultée comme un animal par un homme et une femme en blouse blanche. On lui ouvrit la bouche, la pesa, la fit se déshabiller. Ils l'examinèrent sous toutes les coutures, mesure, prise de sang…

Jamais elle ne s'était sentie aussi humiliée. Mais, elle ne dit rien et garda le regard baissé.

Le colosse la ramena à sa chambre. Dans le couloir, elle croisa un jeune homme au regard bizarre : un regard félin.

Qui pouvait-il bien être ? Il était entouré de deux colosses et, contrairement à elle, il ne baissait pas la tête. Il portait aussi une blouse comme elle. C'était peut-être un cobaye, mais un métamorphe.

— Je reviendrai te chercher dans une heure pour t'emmener dîner. En attendant, continue à être sage et à ne pas me créer d'ennui. Cela m'embêterait d'abîmer une si belle femelle. D'ailleurs, si tu es très gentille avec moi, je peux te rendre la vie très douce ici.

Il s'approcha d'elle, mais elle recula.

— Elles finissent toutes par être très gentilles avec moi et toi aussi, tu finiras par comprendre que c'est dans ton intérêt. De toute façon, ici tu es seule et personne ne te viendra en aide. Le seul qui peut t'apporter de l'aide et du confort, c'est moi. Alors, réfléchis.

Dans quel cauchemar se trouvait-elle ? Quand allait-elle se réveiller ?

Le soir venu, il vint la chercher et essaya de la toucher. Elle ne le repoussa pas, mais s'éloigna doucement de lui, afin de ne pas l'offenser et l'énerver.

Lorsqu'elle entra dans la salle à manger, elle remarqua tout de suite le jeune homme de tout à l'heure. On lui demanda de s'asseoir à côté de lui. Apparemment, ils étaient les seuls cobayes en tout cas à pouvoir sortir.

— Pas de bavardage entre vous. Vous mangez et ensuite retour dans vos chambres.

Ils mangèrent en silence, se regardèrent à peine. Lorsqu'ils eurent fini, Athenaïs le regarda droit dans les yeux. Il était comme elle et avait la ferme intention de ne pas rester ici. Il pourrait être un allié de choix si jamais ils arrivaient à sortir vivants de cet endroit, de cet enfer.

Lorsqu'elle rentra dans sa chambre, le colosse voulut la suivre. Elle s'éloigna de la porte, elle avait peur. Il s'approcha d'elle et la colla contre le mur.

— Je ne vais pas te violer, c'est toi qui me supplieras de te prendre, car ce que tu ne sais pas, c'est que le traitement que tu vas suivre va décupler ton envie sexuelle et tu n'auras qu'une envie, que je te soulage comme la chienne en chaleur que tu vas devenir. Alors, fais de beaux rêves, car bientôt tu seras à moi.

Lorsqu'il sortit, elle s'écroula. Elle tremblait de tout son être. Son avenir s'annonçait sombre et lugubre à côté de ce pervers. Elle priait au fond d'elle pour qu'il ait tort, car tout dans cet homme la révulsait et lui donnait la nausée. Il incarnait tout ce qu'elle détestait chez un homme.

C'est avec beaucoup de peine qu'elle finit par s'endormir. Le réveil fut éprouvant, voir cette chambre et se dire que l'on n'a pas rêvé ou plutôt cauchemardé.

La porte s'ouvrit sur le colosse.

— Il est l'heure pour toi d'avoir tes premières injections. Allez, dépêche-toi.

Athenaïs se leva et le suivit docilement. Il l'emmena dans un autre recoin du bâtiment. Comme la veille, elle essaya de se remémorer chaque pas, chaque intersection et lorsqu'elle le pouvait, elle regardait à travers les vitres afin de voir l'extérieur. Elle entra dans une grande salle où quelques personnes comme elle attendaient déjà.

Certaines étaient dans un état proche de la mort, de vrais morts vivants, ils étaient là sans être là, des hommes, des femmes de tous âges. Cela la fit frissonner. Leur état lui donna encore plus envie de s'enfuir. Elle murmura.

— Je ne veux pas mourir ici, il faut que je sorte de là.

Le jeune homme de la veille la regarda. Elle sut qu'il avait compris ce qu'elle avait dit lorsqu'il hocha la tête.

Athenaïs continua vraiment très bas afin que personne ne l'entende, sauf lui. Elle baissa la tête.

— Nous devons partir aujourd'hui juste après cette séance. J'ai trouvé une issue non loin d'ici qui mène à l'extérieur. Je préfère mourir en m'enfuyant plutôt que de mourir à petit feu dans ce mouroir.

Il hocha la tête de nouveau de manière si imperceptible qu'Athenaïs se demanda s'il avait bien compris. Elle n'eut pas le temps de se poser plus de questions, car quelqu'un vint les chercher, elle et le jeune homme.

Ils furent mis chacun à un bout de la pièce, lui fut placé dans une cage et elle sur une table de soin.

Ils attachèrent Athenaïs non sans mal, car elle essaya de se débattre mais en vain. Elle commença à paniquer et avait peur de devenir comme les autres personnes qu'elle avait vues dans la salle d'attente.

Ils lui posèrent une intraveineuse. Un liquide jaune coula, pénétrant chaque cellule de son corps. À peine le liquide fut-il en elle, qu'une douleur la parcourut. Elle commença à geindre, mais la douleur ne fit qu'augmenter. Elle commença à hurler. Son corps n'était que souffrance. Elle tremblait beaucoup.

Ils lui mirent un bâillon afin de ne plus l'entendre. Après un très long moment, sa souffrance s'atténua. Athenaïs commença à revenir à elle, son corps tremblait et était trempé de sueur. Elle tourna la tête lorsqu'elle entendit des grognements, c'était le jeune homme qui s'était transformé en loup. Il avait l'air de souffrir aussi. Leurs yeux se croisèrent.

Oui, ils devaient partir tout à l'heure tant qu'ils en avaient encore la force.

Lorsque les expériences furent finies, ils les laissèrent seuls. Ils ne devaient rejoindre leurs chambres que dans une bonne heure.

Athenaïs fut détachée et le jeune homme sortit de sa cage lorsqu'il reprit forme humaine.

Les colosses les attendaient à l'extérieur.

— Alors la Française, ça t'a plu cette petite séance ?

Athenaïs ne répondit pas, elle était concentrée sur l'endroit de leur fuite.

— Maintenant, dit-elle tout bas.

Lorsqu'elle fut enfin arrivée à destination, elle se retourna, sourit à son colosse et lui donna un fort coup de genou dans les parties. Il s'écroula et elle lui donna un violent coup de pied dans la tête, ce qui l'assomma et le laissa inanimé sur le sol.

Pendant ce temps, le jeune homme se transforma en loup et tua les deux colosses en moins de temps qu'il faut pour le dire. N'ayant pas peur de lui, elle lui demanda de la suivre.

Ils coururent vers une porte vitrée, elle l'ouvrit et les alarmes se déclenchèrent, ils se mirent à courir. Le loup courait plus vite qu'elle. Voyant qu'elle n'arrivait pas à le suivre, il s'arrêta et se baissa. Elle comprit qu'il voulait qu'elle monte sur son dos.

Elle ne se fit pas prier et grimpa sur lui. Il recommença sa course. Il courait à très vive allure. Il fut stoppé par un grillage.

Athenaïs descendit, jeta un caillou dessus, il n'était pas électrifié. Elle sortit de sa culotte une pince qu'elle avait dérobée plus tôt dans la salle, elle coupa le plus vite possible le grillage, elle laissa passer le loup et le rejoignit.

On entendait des voitures rugir au loin. Elle grimpa sur son dos et il fila comme le vent en direction de la forêt. Il courait vers la liberté, vers son monde, vers sa meute. Emmenant celle qui lui avait sauvé la vie.

CHAPITRE 3

Le territoire des Terra Wolf

Il courait à vive allure, il fit descendre Athenaîs et se faufila par un trou que seul lui pouvait voir, elle le suivit. Ils venaient de passer le grillage qui séparait les Terra Wolf des Primas Indigènes. Elle monta de nouveau sur son dos, elle s'agrippa de toutes ses forces. Il continua et n'hésita pas à entrer par un deuxième passage qu'elle n'avait pas vu non plus, elle se baissa afin de pouvoir passer avec lui. Il s'enfonça ensuite de plus en plus dans la forêt, se faufilant sans peine parmi cette végétation dense. Athenaïs se baissait le plus possible afin de ne pas être trop égratignée par les branches.

Il n'arrêta sa course que lorsqu'il fut arrivé dans son clan. Lorsqu'elle releva enfin la tête, elle était cernée par des dizaines de loups. Certains sous forme de loups, certains sous forme d'hommes.

Elle descendit du dos de son compagnon de fuite. Elle ne se sentait pas bien. Elle tremblait, ses jambes cédèrent, et ses forces l'abandonnèrent, elle s'évanouit mais avant de sombrer, elle vit le loup de la fuite qui ne se sentait pas bien non plus. Il s'allongea et se transforma en homme.

— Ne faites pas de mal à l'humaine. Elle m'a aidé à m'évader. Sans elle, je serais encore prisonnier de ce centre. C'est Lucius qui m'a tendu un piège et m'a livré à ces hommes. Elle est arrivée comme moi, hier. Nous avons tous les deux subi des expériences horribles ce matin. Je ne sais pas ce que cela va provoquer.

L'Alpha s'approcha, il grognait sa colère.

— Que l'on fasse venir Lucius ici, tout de suite.

Deux mâles puissants se mirent en route à l'instant. On ne discutait pas avec l'Alpha.

— Qu'on emmène John à l'infirmerie sous haute surveillance et que l'on mette l'humaine dans une cage. Nous ne savons pas ce qu'elle a subi et si elle va avoir des effets secondaires. Il faut protéger les petits.

Lorsqu'elle reprit ses esprits, Athenaïs fut effrayée de se trouver dans une cage à même le sol. Elle était passée d'une cage à une autre. Elle entendit du bruit derrière elle et vit un loup gris.

Celui-ci fit un pas en arrière lorsqu'elle le regarda. Elle s'approcha des barreaux de la cage, mais il recula encore.

— Monsieur le loup, s'il vous plaît, laissez-moi sortir.

Il recula encore comme apeuré. Athenaïs se demanda ce qui pouvait bien faire peur à ce loup. Peut-être n'avait-il jamais vu d'humain avant elle. Tout à coup, le très gros loup blanc qu'elle avait aperçu de loin entra dans la pièce. Il s'approcha de la cage, il était impressionnant. Athenaïs recula jusqu'au bout de la cage. Il continuait à la fixer, ses yeux d'un bleu exceptionnel l'impressionnaient. Prenant son courage à deux mains, elle se lança.

— Monsieur le loup, s'il vous plaît, laissez-moi sortir. Je n'ai pas fait de mal au jeune homme qui est revenu ici. C'est le centre où nous étions retenus qui lui a fait du mal. J'ai essayé de l'aider à sortir de cet enfer. Tout ce que je veux c'est rentrer chez moi en France.

Le très gros loup se transforma en homme, il était nu. Athenaïs rougit et détourna le regard. Son comportement intrigua l'homme, car les humaines n'étaient pas très farouches et détournaient rarement le regard lorsqu'il se promenait en homme lors des réunions entre humains et métamorphes. Au contraire, il lisait de la convoitise dans leurs yeux. Chez cette femme, il lisait de la gêne. Il pensa qu'elle n'avait pas dû voir beaucoup d'hommes dans sa vie, voire pas du tout.

— Je me suis couvert, peux-tu me regarder dans les yeux ?

Athenaïs se retourna et vit qu'il avait revêtu un jean, mais il était toujours torse nu. Mais quel torse, jamais elle n'avait vu un tel homme. Même en homme, il était impressionnant, musclé même très musclé. Elle n'avait vu cela que dans des revues vantant la pratique du sport.

— Tu dis que tu viens de France ?

— Oui Monsieur.

— Que fais-tu aux États-Unis ?

— La société pour laquelle je travaille en France m'a fait venir ici en stage. Mais en fait, on m'a envoyé ici afin de devenir cobaye. Je me suis fait piéger tout comme votre jeune loup. D'ailleurs, comment va-t-il ?

— Il est encore faible, mais il va s'en remettre.

— Je suis contente qu'il aille mieux. Il a subi une douloureuse expérience et a beaucoup souffert.

— Ton expérience n'était pas douloureuse ?

— J'ai cru que j'allais mourir tant le produit qu'ils m'ont injecté était brûlant. J'étais attachée et bâillonnée, une vraie torture.

— Je suis désolé que les tiens t'aient fait subir cela.

Le loup la regarda fixement, il s'approcha encore. Cela mit mal à l'aise Athenaïs.

— De quelle couleur sont tes yeux ?

— Ils sont bleus, pourquoi ?

— Parce qu'ils ne sont plus bleus. Ils ont la couleur de la plupart des loups, vert avec un peu de jaune en leur centre. Certains comme moi ont les mêmes yeux que les humains et nous gardons cette couleur même lorsque nous sommes sous notre forme de loup. D'ailleurs, tes cheveux aussi ont changé de couleur. John m'a dit que tu avais les cheveux châtains.

Athenaïs attrapa une poignée de ses longs cheveux dans les mains et commença à trembler. Mais qu'est-ce qu'il se passe ? Elle commença à rire nerveusement.

— Vous m'avez teint les cheveux pendant mon sommeil ?

— Non, nous ne t'avons pas teint les cheveux. Je pense que l'expérience que tu as subie t'a changée.

— Je ne vous crois pas.

Une femme entra avec un grand miroir. Elle le tendit à l'Alpha et ressortit tout de suite.

L'homme tourna le miroir vers Athenaïs. Elle regarda d'abord de loin, puis s'approcha de plus en plus. Ses yeux et ses cheveux avaient changé, mais ses oreilles aussi, elles étaient légèrement plus pointues. Ses yeux étaient bien devenus vert avec un peu de jaune dans le centre et ces cheveux avaient comme des mèches blondes et foncés. Ils étaient tricolores.

Athenaïs poussa un cri et recula au fond de la cage. Elle tremblait de tout son corps. Mais qu'est-ce qu'on lui avait fait ? Elle commença à pleurer, recroquevillée sur elle. Décidément, la vie ne l'avait pas épargnée. Elle était trop choquée pour voir que la cage s'était ouverte et que l'homme était entré. Elle sursauta lorsqu'il la toucha. Elle releva la tête et recula lorsqu'elle vit qu'il était si près d'elle. Il venait sûrement pour tuer cette aberration de la nature.

— N'aie pas peur, je ne te veux pas de mal.

— Mais qu'est-ce qu'ils m'ont fait ?

— Je ne sais pas. Je sais juste qu'ils essaient de devenir comme nous. Alors, peut-être qu'ils t'ont injecté une substance faite avec du sang de métamorphe loup.

— Oh, mon Dieu, il y avait plein de cobayes là-bas, ils étaient dans un état végétatif. J'espère que je ne vais pas devenir comme eux ?

— Tu as l'air en forme pour l'instant. Donc, pendant quelque temps, tu vas rester dans cette cage pour voir comment tu évolues. De temps en temps, je te sortirai pour que tu puisses te laver et te dégourdir les jambes. Et lorsque je serai sûr que tu ne représentes plus aucun danger, alors tu pourras sortir et repartir chez les humains. Est-ce que tu comprends ?

— Oui, je comprends bien. J'ai vu de jeunes loups lorsque nous sommes arrivés. Donc, oui, j'ai bien saisi le fait que vous ne voulez pas qu'ils leur arrivent du mal. Au cas où les effets des drogues qu'ils m'ont injectées me transforment encore plus et que je ne devienne un monstre sanguinaire. Je suis d'accord.

— Parfait, je vois qu'en plus d'être belle, tu es intelligente. Je te laisse, je vais te faire apporter de quoi être mieux logée : un lit, des couvertures et de quoi t'occuper comme de la lecture. Voudrais-tu autre chose ?

— Si cela est possible, j'aimerais avoir un cahier et un crayon. J'aime écrire, cela me détend.

— D'accord, mais si tu écris sur nous, lorsque tu partiras ton cahier restera ici.

Athenaïs hocha la tête. L'homme sortit. Elle se retrouva seule dans cette cage. Il y avait toujours dans le fond ce garde. Elle n'eut pas le temps de se morfondre que plusieurs hommes arrivaient déjà avec les meubles.

— Mets-toi dans le coin droit de la cage.

Athenaïs se mit docilement dans le coin. Elle attendit qu'ils aient fini d'aménager sa cage. Lorsqu'ils sortirent, elle s'approcha de son lit et se blottit dessus. Épuisée par tous ces événements, toutes ces révélations, elle s'endormit. Lorsqu'elle se réveilla, la nuit commençait à tomber. Elle avait dormi toute la journée. Elle vit sur la table un repas et de l'eau.

Elle se leva, elle avait très faim, elle n'avait pas mangé depuis la veille au soir. Elle regarda l'assiette et y vit de la viande cuite et quelques légumes crus.

— Nous ne sommes pas très au point concernant la nourriture humaine.

Elle se retourna et vit l'homme Alpha.

— Ne vous inquiétez pas, ça ira comme ça. Je ne suis pas très difficile.

— Je ne vous ai pas demandé votre nom.

— Je m'appelle Athenaïs Dubois.

— Je m'appelle Dayron du clan des Wolfgard, gardien des territoires du nord des États-Unis. Je suis l'Alpha et donc je suis celui qui dirige cette meute.

— Enchantée de vous rencontrer, Monsieur Wolfgard. Pour être franche, c'est la première fois que je rencontre des métamorphes loups. Là où je vis ou plutôt je vivais, j'habitais loin des frontières des Terra Wolf de mon pays.

— Pourquoi dis-tu « où tu vivais » ?

— Parce que je ne pense pas qu'un jour, avec les transformations que j'ai subies et si je survis, ils me laisseront rentrer chez moi. Ils feront de moi une bête de foire, ou ils continueront leurs expériences sur moi, ou ils me fuiront, car tout comme vous, ils auront peur de moi. Cela dit, c'est la première fois que je fais peur à quelqu'un. En tout cas, si je survis et que je croise mon ancien patron, Monsieur Jonhson, je lui ferai voir que je ne suis plus la petite et gentille femme que j'étais. Je lui fracasserais bien la tête pour avoir détruit ma vie. Certes, je n'avais pas une vie trépidante, mais c'était ma vie.

— Votre famille ne voudra pas vous recueillir ?

— Je suis orpheline, je n'ai pas de mari, de petits amis et je n'ai pas d'amis. Pratique, n'est-ce pas ? Si je disparais, personne ne cherchera après moi.

— En effet, vous aviez le profil idéal. Je vous laisse manger tranquillement. Je reviendrai tout à l'heure afin que vous puissiez sortir un peu. J'aimerais que l'on se tutoie. C'est une pratique usuelle chez nous. Appelle-moi Dayron.

— À tout à l'heure… Dayron.

À peine fut-il sorti qu'elle se rua sur son repas. Elle mourrait de faim. Elle mangea et but tout son soûl. Elle a englouti son repas très rapidement. Elle resta assise patiemment et attendit qu'il revienne. Le gardien était toujours là. Il était assis dans un coin de la pièce. Il la surveillait tranquillement, sans jamais lui adresser la parole. Elle en fit de même. Lorsque l'Alpha réapparut, elle fut contente de voir qu'il tenait parole et qu'il ouvrait sa cage.

— Viens avec moi, reste près de moi et n'essaie pas de t'enfuir. Cela serait inutile. Ne parle à personne.

Athenaïs hocha la tête. Lorsqu'ils sortirent, la nuit était presque tombée. Des loups se baladaient près d'elle et venaient la renifler, la regarder. Athenaïs se colla à Dayron. Elle était un peu effrayée de voir autant de loups.

— Ne t'inquiète pas, c'est notre manière de reconnaître notre entourage. Tu es nouvelle, ils veulent voir qui est celle qui a sauvé l'un des nôtres.

— Je dirais que l'on s'est sauvés mutuellement. Sans lui, je ne serais pas là. Je serais encore entre leurs mains à subir je ne sais quelle horreur et je serais aux prises avec ce pervers qui n'arrêtait pas de me dire des choses dégoûtantes. Comme John voyait que je ne courais pas très vite, il s'est arrêté et m'a laissé monter sur son dos. Je lui dois beaucoup. Au moins ici, même si je suis encore en prison, je suis traitée avec bienveillance et respect.

Un loup vint à leur rencontre. Elle le reconnut tout de suite.

— Je suis contente que tu ailles mieux, je n'ai pas eu le temps de te remercier pour ton aide. Sans toi, je serais encore là-bas. Si un jour je peux te rendre la pareille, n'hésite pas à me le demander.

Le jeune loup vint se frotter contre sa main et il partit. Elle le regarda s'éloigner et rejoindre deux autres loups plus grands que lui. Sûrement ses parents. Il avait beaucoup de chance, car il avait encore sa famille et toute une meute pour l'aider à oublier. Elle était seule et maintenant qu'elle n'était plus vraiment une humaine, elle n'avait même plus d'endroit où vivre. Où était sa place, pas chez les loups et pas chez les humains.

— Je suis fatiguée, peut-on rentrer ?

— Tu as l'air d'avoir de la fièvre.

— Je ne sais pas, je ne me sens pas bien.

— Rentrons vite pour que tu puisses te mettre au lit.

Lorsqu'elle arriva dans sa cage, des habits étaient posés sur le lit. Une belle et longue chemise de nuit blanche, une robe, des sous-vêtements et une paire de sandales. Elle prit la chemise de nuit dans les mains. Jamais elle n'avait vu une si belle broderie.

— Comme c'est joli, je vous remercie beaucoup. J'en avais un peu assez de ces habits d'hôpitaux. Auriez-vous s'il vous plaît une bassine avec de l'eau et du savon ?

— Bien sûr, je te fais apporter cela tout de suite. Tâche de te reposer. Je te revois demain pour voir si tu vas mieux.

— Merci beaucoup.

Une jeune femme déposa à l'entrée la bassine d'eau, le savon et une serviette. Le gardien lui apporta.

— Pouvez-vous vous retourner le temps que je fasse ma toilette et que je me change, s'il vous plaît ?

Le loup grogna, mais se retourna quand même.

Athenaïs se dépêcha et se mit vite au lit, car la fièvre avait encore augmenté. Elle s'endormit rapidement, mais sa nuit fut remplie de cauchemars. Elle se revit à l'hôpital, son gardien qui essayait de la toucher, l'expérience. Elle se réveilla en criant et en sueur. Son lit était trempé. Elle était désorientée.

Elle avait soif, elle essaya de se lever pour attraper la bouteille d'eau, mais ses jambes cédèrent et elle se retrouva sur le sol.

Lorsqu'elle se réveilla, elle était de nouveau dans son lit, mais ses draps avaient été changés et sa chemise de nuit aussi. Mais dans son état, elle se fichait de savoir qui avait bien pu la voir nue, qui avait bien pu la changer.

— J'ai soif, s'il vous plaît, j'ai soif.

Une main forte d'homme lui souleva la tête et l'aida à boire un verre d'eau. Elle ne fut pas surprise de voir que c'était Dayron.

— Merci.

— Est-ce que cela va mieux ?

— S'il te plaît, arrête de crier et peux-tu éteindre la lumière, je suis éblouie et je trouve que tu sens fort le musc.

— Ce n'est que la lumière du jour et je ne crie pas, et ce que tu sens est mon odeur naturelle. Je pense que tes sens ont évolué.

Affolée, Athenaïs regarda ses bras, ses jambes.

— Tu as toujours l'air d'une femme. Il faut attendre et patienter pour voir jusqu'où tu vas évoluer. En attendant, on va calfeutrer les fenêtres et laisser la porte fermée afin que tu puisses mieux supporter ton nouvel état.

— Merci.

— Repose-toi, je vais te faire apporter un repas afin que tu puisses reprendre des forces. Bois beaucoup afin de te réhydrater.

À peine fut-il sorti que des hommes vinrent avec des tissus noirs pour obstruer les fenêtres et une femme lui apporta un repas similaire à celui de la veille. Elle le déposa devant sa cage, la regarda, lui sourit avant de sortir.

Athenaïs se leva tant bien que mal et prit son repas. N'ayant plus la force de se relever, elle mangea par terre. Puis se rendormit sur le sol. À son réveil, elle était de nouveau dans son lit, mais sa fièvre avait baissé. Elle se sentait un peu mieux.

— Comment vas-tu ?

— Beaucoup mieux, ce n'est pas encore la grande forme, mais je vais mieux. Il fait déjà noir ?

— Oui, c'est la nuit.

— C'est bizarre, je vois très bien le garde.

— C'est normal, car nous les loups avons une vision nocturne parfaite.

Athenaïs soupira.

— C'est vrai que j'ai encore évolué du côté des loups. Penses-tu que je vais devenir une louve ?

— Je ne sais pas Athenaïs. Il faut attendre pour voir jusqu'où tu vas évoluer. Peut-être est-ce fini.

— Si c'est le cas, cela veut dire que je ne suis plus une humaine, mais que je ne suis pas non plus une louve. Alors, où sera ma place ? En tout cas pas parmi les humains qui me chasseront et pas parmi vous, car je ne suis pas l'une des vôtres.

— Tu pourras rester vivre ici, si tu le souhaites.

Athenaïs était émue. Jamais on n'avait été si gentil avec elle. Elle avait entendu tellement d'horreur sur les Wolf qu'elle ne pensait pas qu'ils la soigneraient et prendraient soin d'elle comme ça, comme l'une des leurs. Les humains n'auraient jamais fait de même pour un métamorphe. Au contraire, ils l'auraient soit rejetée, soit exploitée.

— Tu n'as pas envie de vivre parmi nous ?

— Oh si, mais ta proposition m'a touchée. J'espère que cela ne créera pas de problème dans ta meute.

— Il n'y aura pas de soucis. Le conseil s'est déjà réuni pour statuer sur ton cas. Il a été voté que tu pouvais rester vivre parmi nous si tu le souhaitais. Une vie pour une vie. Tu as sauvé un des nôtres, nous te devons une vie.

Athenaïs avait les larmes aux yeux.

— Merci beaucoup. Jamais personne n'a été aussi gentil avec moi. Tu ne peux pas savoir à quel point je suis soulagée de savoir que je ne serai pas obligée de vivre recluse dans une partie de cette forêt. Je peux t'assurer que je vous aiderai tous du mieux que je peux. Que je ne serai pas une charge pour ta meute. Je travaillerai dur pour gagner mon pain.

— Pour l'instant, il faut que tu te reposes et que tu reprennes des forces en attendant de voir comment tu évolues.

CHAPITRE 4

Une vie entre femme et louve

Athenaïs vivait parmi les métamorphes loups depuis une semaine déjà. Après les premiers jours où la métamorphose progressait, entre fièvre et changement, elle s'était enfin stabilisée. Elle avait toujours l'air d'une femme, mais ses sens s'étaient beaucoup développés. L'ouïe, le goût, le toucher, l'odorat et la vue.

— Bonjour Athenaïs, comment vas-tu ce matin ?

— Bonjour Dayron, je vais très bien. Je me sens beaucoup mieux. Je me suis habituée à mon nouveau moi.

— Donc, tu es prête à affronter le monde extérieur.

— Oh oui, j'ai très envie de prendre l'air.

Dayron ouvrit la porte et la laissa sortir. Elle passa le pas de la cage avec beaucoup de plaisir, cela se voyait sur son visage.

— Nous allons aller chez moi afin que tu puisses prendre une douche et te changer. Ensuite, nous irons nous balader.

Lorsqu'elle sortit enfin au grand air, il faisait beau. Elle fut un peu éblouie par le soleil, mais s'en accommoda rapidement. Elle suivit Dayron et regarda autour d'elle. Il y avait toujours autant de monde dans la rue, mais Athenaïs prêta plus attention à ce qui l'entourait. C'était un village comme il en existait un peu partout dans le monde, avec des rues pavées, des petites maisons cosy. Dayron l'avait emmenée dans le centre du village, où se trouvait une place, entourée de maisons et de magasins. Il y avait au centre de la place une fontaine et aussi une grande bâtisse, sûrement la mairie où il réunissait le conseil. Dayron la fit entrer dans une maison qui se trouvait dans une petite rue juste à droite de cette grande bâtisse.

L'intérieur était joli, rustique, mais bien entretenu. Par contre, aucune touche féminine n'adoucissait cette maison. On accédait directement à la salle à manger avec dans le fond une cuisine équipée et ouverte. Sur la droite, il y avait un salon avec le confort moderne et la télévision. Il l'emmena vers une porte qui se trouvait à la droite de la cuisine, elle menait sur un couloir qui desservait deux chambres et une salle de bains.

La salle de bains ne contenait pas non plus d'effet féminin, il vivait donc seul. Elle vit une grande serviette avec dessus un savon posé à côté des habits de rechange. Une robe simple bleue, des sous-vêtements et une paire de sandales. Elle referma la porte, se déshabilla, prit le savon et entra dans la douche. Quel bonheur de sentir l'eau sur son corps et le savon sentait très bon. Elle se lava longuement, frottant chaque partie de son corps, ses cheveux puis se rinça en prenant son temps. L'eau était chaude et lui apportait un bien-être qu'elle n'avait pas ressenti depuis fort longtemps. Elle n'aurait jamais pensé qu'une simple douche lui apporterait autant de plaisir.

Elle sortit et se sécha, elle s'habilla et lorsqu'elle eut fini, se regarda dans la glace. Elle avait beaucoup changé. Certes, elle se reconnaissait bien, mais c'est la couleur de ses cheveux et de ses yeux qui la choqua le plus. Elle était tellement concentrée sur sa métamorphose qu'elle n'avait pas entendu que l'on avait frappé à la porte. Elle sursauta lorsque Dayron lui parla.

— Désolé de t'avoir fait peur, mais j'ai frappé plusieurs fois et tu ne répondais pas.

— Oh excuse-moi, mais il faut que je me fasse à mon nouveau visage.

— Comment te sens-tu ?

— Ça va, ça aurait pu être pire, j'aurais pu avoir des poils sur tout le corps et avoir toujours les sens des humains. Donc, on va dire que je m'en sors plutôt pas mal.

Il lui tendit une brosse.

— La maman de John a apporté une brosse pour les cheveux. Elle a dit que tu en aurais sûrement besoin et qu'en tant qu'homme, je n'avais pas dû y penser.

Cela fit sourire Athenaïs. Elle prit la brosse et repartit devant la glace. Elle se brossa rapidement les cheveux et rejoignit Dayron dans la cuisine. Il préparait un repas, sûrement pour elle, car deux assiettes étaient disposées sur la table avec des couverts.

Il déposa une assiette avec de la viande cuite et quelques légumes pour elle et une assiette avec de la viande crue pour lui. Ils mangèrent en silence.

— Si tu n'es pas trop fatiguée, j'aimerais te faire visiter notre village.

— Avec plaisir, je serais heureuse de découvrir l'endroit où je vais vivre.

— Ensuite, je te ramènerai à ta cage. Tu resteras encore une semaine là-bas. Puis, tu viendras vivre chez moi six mois. Je pourrai ainsi voir si tu évolues encore. Lorsque je serai sûr que tu vas bien et qu'il n'y a pas de danger pour nos petits, nous t'attribuerons un travail et une maison. Qu'est-ce que tu en penses ?

— C'est très bien ainsi. Je comprends que les gens aient besoin d'être rassurés. Par contre, je ne vais pas trop te déranger et déranger ta compagne ?

— Tu ne vas pas me déranger et je n'ai pas de compagne.

— Pas de petite amie ?

— Pas pour le moment.

— Donc, je suis d'accord pour vivre avec toi. Je ne voulais pas être indiscrète, mais je ne voulais pas non plus te créer des ennuis.

Il la regarda, essaya de la sonder. Cette femme était trop gentille, trop docile. Il faudra qu'il lui apprenne à se défendre, à être plus dure, car certains loups ou louves n'hésiteront pas à s'en prendre à elle. Cela ne l'étonnait plus qu'elle ait été choisie pour leurs expériences. Par contre, elle avait su faire preuve de courage et de force physique lorsqu'ils s'étaient échappés. D'après John, elle savait se battre lorsqu'il le fallait. Mais lorsqu'il l'avait vue au début, elle avait l'air d'un agneau. Elle n'était pas violente par nature.

Ils sortirent et il lui présenta les différents magasins. Boucherie, épicerie, magasins de vêtements, des petites échoppes bien achalandées. Tous les commerçants la saluèrent chaleureusement. Athenaïs leur rendit leurs saluts avec beaucoup de bonheur. Elle était heureuse de discuter avec des personnes. Elle posa beaucoup de questions sur leurs marchandises. Ils furent contents de lui répondre.

— Quelle monnaie utilisez-vous ?

— Aucune, ici chacun travaille afin de subvenir aux besoins du village et en échange, ils prennent ce dont ils ont besoin dans les magasins.

— Et, il n'y a pas d'abus ?

— Pourquoi veux-tu qu'il y en ait ?

— Peut-être que des personnes qui refuseraient de travailler voudraient tout de même prendre ce qu'il leur faut dans les échoppes.

— Quelle étrange idée.

— Donc, il n'y a jamais de conflit.

— Si, il y a des conflits, mais le conseil et moi veillons à maintenir l'ordre et personne ne va contre mon autorité et celle du conseil.

— Comment es-tu devenu l'Alpha ?

— Par combat, je suis le plus fort physiquement.

Athenaïs observa Dayron. En effet, il était très grand, près de deux mètres. De longs cheveux châtain clair légèrement ondulés et des yeux d'un bleu exceptionnel. Jamais elle n'avait vu de tels yeux et surtout pas chez un loup. Ils étaient presque turquoise. Décidément, cet homme était vraiment spécial. Son corps était très musclé, comme taillé dans l'acier. Elle avait bien observé les autres loups sous forme humaine, aucun ne semblait égaler sa force et surtout son magnétisme.

Il avait aussi l'air très intelligent, ce qui ne gâchait rien.

— C'est aussi simple que cela. Si quelqu'un veut devenir l'Alpha, il n'a qu'à te défier et il devient l'Alpha.

— Pour faire simple, oui c'est comme ça.

— C'est grave alors, car si un homme, je veux dire un loup très méchant, décide de prendre le pouvoir, il ne lui reste qu'à te battre et il peut alors instaurer sa dictature.

— Je ne peux pas faire tout ce que je veux, car pour les décisions importantes, il faut l'accord du conseil. Le conseil est constitué de dix sages.

— Oh alors ça va, c'est plutôt rassurant. Cela évite les dérapages et les abus.

Cela fit sourire Dayron. Une humaine qui s'intéressait à leur mode de vie. Il finit de lui faire faire le tour du village avant de la ramener dans sa cage.

— Repose-toi bien, on se revoit demain.

Tous ces changements l'avaient épuisée. Elle s'allongea sur son lit et s'endormit de suite. Son sommeil fut agité, elle rêvait de loups, de combats et de Dayron qui se faisait tuer. Elle se réveilla en sursaut. La nuit était tombée. Le garde qui ne lui avait jamais adressé la parole était près de ses barreaux.

— Est-ce que ça va, mademoiselle ?

Elle fut étonnée de l'entendre pour la première fois. Elle le regarda. C'était un homme de son âge. Châtain aux yeux marron. Beau garçon comme la plupart des loups. Ces métamorphes étaient tous beaux, voire très beaux.

— Euh oui, ce n'est rien, juste un cauchemar.

— Vous n'avez pas de fièvre ?

Elle se tâta le front.

— Non, je ne crois pas, je me sens très bien.

— Si vous ne vous sentez pas bien, n'hésitez pas à me le dire. J'appellerai notre Alpha.

— Merci, c'est très gentil de prendre de mes nouvelles. Au fait, comment vous appelez-vous ?

— Je m'appelle Adam.

— Enchantée de vous connaître et si tu le veux bien, on peut se tutoyer.

— Si tu le veux, je vais reprendre mon poste.

La vie lui jouait souvent des tours, mais là c'était un sacré tour. Elle passait de femme vivant en France en solitaire dans un monde où elle se sentait bien seule à une vie en meute aux États-Unis. Une nouvelle vie auprès de métamorphes, ceux-là mêmes dont on lui avait appris dès le plus jeune âge à avoir peur. On apprenait aussi aux enfants qu'ils étaient une sous-espèce.

Elle se rendait compte que toute sa vie, on lui avait menti. Menti sur ces hommes et femmes vivant en Terra Wolf, menti à son travail pour l'envoyer ici et la faire mourir à petit feu. La laissant entre les mains de ce pervers. Les hommes qui avaient traversé sa vie lui avaient menti et l'avaient trompée.

Toute sa vie n'avait été que mensonge et trahison. Elle n'aurait aucun mal à changer de vie et à oublier l'ancienne. De toute façon, ici, ce ne serait pas pire qu'en Primas Indigène.

Elle s'était mise à écrire. Elle pensait ne pas survivre à cette expérience. Alors, elle avait décidé d'écrire son autobiographie afin de laisser une trace de sa vie et de la vie de ses parents. Sa vie en tant qu'humaine. Son enfance et son adolescence heureuses auprès de parents aimants, leur mort dans un accident de voiture alors qu'elle allait fêter ses vingt ans. Sa peine, sa solitude. Les différentes rencontres qui ont jalonné sa vie, ses joies, ses déceptions. Et son arrivée à New York, sa rencontre avec le pervers, ses peurs et maintenant ses espoirs.

Elle avait eu tout le temps de faire le point sur sa vie. Même si elle s'en contentait, elle en avait conclu que sa vie dès la mort de ses parents n'était pas ce que l'on pouvait appeler une réussite. Ses parents étaient gentils et doux, mais de conditions modestes. Elle n'avait donc eu aucun héritage à leur mort. Ce fut un crève-cœur pour elle lorsqu'elle dut vendre tous leurs biens afin de leur payer un enterrement décent.

Elle vivait dans un petit appartement situé dans un quartier calme d'Arras. Elle avait réussi à l'aménager avec goût malgré ses faibles revenus avec des meubles de récupération. Sa voiture aussi était d'occasion, elle venait de passer de justesse le dernier contrôle technique. Elle était rafistolée de toute part, tout comme sa vie.

Elle allait bientôt sortir de cette cage. Malgré l'attention des gens qui vivaient ici, elle avait hâte de vivre chez Dayron et d'être dans six mois. Quand elle serait de nouveau autonome. Elle se demandait quel travail elle allait pouvoir faire ici ? Mais qu'importe, elle prendrait ce qu'on lui proposerait afin de pouvoir aider la communauté qui l'avait sauvée et accueillie. Car si elle avait bien compris, tout était gratuit ici. Seul le travail permettait à tout le monde de vivre correctement.

Elle était tellement plongée dans ses pensées qu'elle n'entendit pas arriver une femme avec son plateau-repas. Elle le posa délicatement sur le sol avant de partir.

— Merci madame.

La louve se retourna et lui sourit.

— Ce n'est pas madame, mais Amanda, la copine de Dayron. Je t'apporte de la nourriture parce que mon homme me l'a demandé, juste pour lui faire plaisir. Et si j'ai un conseil pour toi, n'essaie pas de me piquer mon homme ou tu auras affaire à moi.

— Je ne suis pas intéressée par Dayon et, de toute façon, je ne vais pas te piquer qui que ce soit, puisque Dayron est célibataire.

D'un geste vif, la louve se rapprocha de la cage, son regard était plein de haine.

— Espèce de sale garce, on aurait dû te rejeter parmi les tiens. Compte sur moi pour t'avoir à l'œil et si tu touches à mon homme, je te ferai la peau. Est-ce que tu as bien compris ?

— Amanda recule de cette cage.

Elle se recula immédiatement. Dayron se mit très près d'elle, se pencha afin d'avoir son visage près du sien.

— Je ne suis pas ton homme comme tu le dis et je ne le serai jamais. Si tu touches l'humaine, je te ferai bannir de cette meute. Est-ce que c'est bien compris ?

Amanda hocha la tête et sortit rapidement.

— Est-ce que ça va, Athenaïs ?

— Oui, ça va, mais cette femme est bizarre. Elle est un peu perturbée. Je m'excuse, je n'aurais pas dû la provoquer. Mais, elle était tellement hautaine que je n'ai pas résisté. Je le sais, s'il n'y avait pas eu cette cage, je serais probablement morte. Je ne sais pas ce qui m'a pris. Habituellement je suis gentille et je n'ose provoquer personne. Je n'aime pas blesser les gens. Excuse-moi, s'il te plaît.

— Je pense que tes hormones et ton caractère ont évolué à cause de l'expérience. À l'avenir, essaie de te contrôler et de ne provoquer personne. Nous sommes des loups avant tout.

— Je ne provoquerai plus personne. Je suis désolée pour les désagréments que j'ai causés.

— Affaire classée. On se voit demain.

Il partit comme il était venu. Athenaïs se prit un verre d'eau, ses mains tremblaient.

— Ça ne va pas ?

— Si ça va, je suis juste un peu secouée. Je ne me reconnais pas. Je suis une femme qui évite les conflits, j'ai toujours fuis les problèmes. Ce n'était pas mes affaires, que cette femme mente ou pas ne me regardait pas. Ce sont les affaires de Dayron si elle raconte des mensonges. Je me sens fatiguée, je vais dormir un peu. Ça ira mieux demain.

— Dors bien et ne repense plus à cela.

— Au fait, comment cela se fait-il que Dayron soit venu aussi vite ?

— Parce que je l'ai appelé lorsqu'Amanda est entrée. Elle est connue pour créer des problèmes. Allez, repose-toi.

— Je n'ai vu aucun téléphone portable. Et dès que Dayron donne un ordre, il est exécuté de suite.

— Parce que nous n'utilisons pas de téléphone portable.

— Oh vous parlez par télépathie.

— Comment le sais-tu ?

— Il ne peut y avoir que cette explication.

Il lui sourit et ne répondit pas. Elle sut qu'elle avait raison. Athenaïs s'endormit rapidement, mais comme toutes les nuits, elle fit des cauchemars. La semaine passa vite, sans incident. Elle fut heureuse lorsqu'on vint la sortir définitivement de sa cage afin d'être installée chez Dayron.

CHAPITRE 5

Une nouvelle vie parmi les loups

Lorsqu'elle découvrit sa chambre, Athenaïs fut stupéfaite de voir que Dayron avait fait préparer une magnifique chambre. Les murs étaient peints en beige et il y avait des doubles rideaux marron foncé aux fenêtres en plus de beaux rideaux beige clair. Dans le fond de la pièce, il y avait un grand lit avec, de chaque côté, une table de chevet. Contre le mur gauche à côté de la porte se trouvait une commode. Le lit était recouvert d'une très belle parure de drap fleurie.

— Oh comme c'est joli. Merci de m'accueillir chez toi.

— Ce n'est rien, il y a des habits et tout le nécessaire de toilette dans la commode. Je te laisse prendre une douche, te changer. Ensuite, nous irons faire des courses.

Athenaïs ne se fit pas prier, elle ne sortait pas beaucoup de sa cage et se laver était un luxe. Maintenant, cela allait changer, elle allait pouvoir se doucher tous les jours. Quel plaisir de se glisser sous l'eau chaude, de sentir le savon mousser sur son corps. Elle était heureuse de pouvoir se laver, de changer d'habits, de retrouver une vie normale. Lorsqu'elle sortit de la salle de bains, elle rayonnait. Dayron fut content de voir qu'elle était si heureuse.

— Tu es prête pour aller faire les courses ?

— Oui, je suis prête. Où est le panier ou le sac de course ?

— Je n'en ai pas. Je ne prends que de la viande fraîche chaque jour.

— Oh, ce n'est pas grave. Nous sommes deux, nous devrions nous en sortir.

Il ne comprenait pas où elle voulait en venir, car il n'avait jamais eu besoin de sac pour faire ses courses, mais c'était une humaine, il ne connaissait pas ses besoins. Il l'emmena de l'autre côté de la ville, une partie qu'elle ne connaissait pas. Elle le suivit sans mot dire. Ils étaient presque sortis de la ville lorsqu'elle aperçut une camionnette avec beaucoup de loups qui faisaient la queue.

— C'est un marchand ambulant ?

— Tout à fait, c'est Monsieur Smith, un humain. Il passe ici une fois par semaine pour nous apporter des produits tels que des couvertures, des draps, des produits ménagers et des légumes que nous lui avons demandé d'apporter pour toi. Tu peux aussi lui commander des produits pour la semaine suivante s'il ne les a pas aujourd'hui.

— Mais comment est-ce que tout le monde paie cet homme s'il n'y a pas de monnaie ?

— Dans notre meute, il n'y a pas de monnaie, mais nous avons des dollars que les anciens gèrent et nous payons une fois par mois Monsieur Smith.

— Mais d'où viennent ces dollars ?

— Nous vendons du bois et louons des terres aux humains. Cela suffit à notre subsistance. Pour le paiement de l'électricité, c'est un échange de bons procédés. Nous leur laissons accéder aux réserves d'eau qui se trouvent sur notre territoire et ils nous fournissent l'électricité. Ils nous ont fait toute l'installation électrique. Grâce à cela, tout notre village s'éclaire et profite du confort que nous apporte cet élément comme les réfrigérateurs et la télévision.

— Oh, c'est ingénieux tout cela.

— Tu peux prendre tout ce que tu veux et commander tout ce dont tu as besoin.

Athenaïs prit des légumes, des fruits, de la matière grasse, de la farine, du sucre et des œufs ainsi que de la levure et du pain de mie. Elle commanda du chocolat, car elle adorait cela et de la levure pour pain. Ils étaient bien chargés. Aussi, déposèrent-ils les courses avant d'aller chercher la viande sur le marché. Elle prit un panier en osier en plus de la viande. Dayron la laissa discuter autant qu'elle le voulait avec les marchands. Elle avait l'air si heureuse.

Lorsqu'ils rentrèrent, Athenaïs se mit à ranger les courses. Dayon partit vaquer à ses occupations quotidiennes. À son retour pour le déjeuner, la nourriture humaine embaumait l'air. Athenaïs avait mis à cuire une soupe avec un peu de viande et une tarte aux pommes. Elle faisait le ménage lorsqu'elle le vit arriver vers elle. Elle était un peu anxieuse, car elle ne savait pas ce qu'elle avait le droit de faire ou non.

— Je me suis permis de faire du rangement et du ménage. Mais je ne suis pas entrée dans ta chambre.

— C'est très bien Athenaïs, merci pour ton aide. Tu n'es pas obligée de faire ma chambre, mais tu peux accéder à toutes les pièces de la maison.

— Merci, je n'ai pas trouvé de lave-linge.

— Nous n'avons pas de lave-linge, mais il y a un lavoir derrière la mairie. Mais tu n'as pas à le faire. Madame Dancelle le fait pour moi tous les mercredis.

— Cela ne me dérange pas de la faire. J'aiderai Madame Dancelle à laver le linge si elle le veut bien.

— Tu verras cela avec elle mercredi.

Elle hocha la tête.

— Qu'est-ce que tu t'es fait à manger ?

— Une soupe de légumes avec un morceau de viande et j'ai aussi fait une tarte aux pommes. J'adore cuisiner.

— Je suis curieux de voir cela, en tout cas ça sent bon.

Athenaïs sortit l'assiette de viande qu'elle avait préparée pour Dayron il y a une demi-heure afin qu'elle ne soit pas trop froide au moment du déjeuner. Elle avait déjà préparé la table avec des assiettes, des couverts et des verres. Elle se servit ensuite une assiette de soupe, qu'il regarda avec intérêt. Elle lui tendit une cuillère.

— Goûte.

— Nous ne mangeons pas de soupe.

— Je ne te demande pas de manger une assiette, mais juste de goûter.

Dayron prit la cuillère, la huma avant de la porter à sa bouche.

— C'est très bon, mais je ne suis pas sûr que notre organisme soit fait pour supporter de la soupe. Nous ne mangeons que de la viande. Merci, car cette viande est moins froide que d'habitude et c'est bien meilleur. C'est gentil d'avoir pensé à cela.

Elle lui sourit et commença à manger. Le reste du repas se passa tranquillement. Dayron repartit travailler et Athenaïs reprit son ménage. Elle entra dans la chambre de Dayron. Elle était semblable à la sienne, sauf que les draps étaient bleu foncé. Elle fit son lit, ramassa ses affaires sales, puis remit un peu d'ordre. Elle aéra ensuite toute la maison. L'odeur de sa tarte aux pommes attira quelques curieuses. Elle leur offrit de rentrer et de prendre le thé avec elle. Elle avait cueilli dans le jardin de Dayron de la menthe. Curieuses, les louves entrèrent et se laissèrent servir du thé et un petit bout de tarte aux pommes.

— Si vous n'aimez pas, vous pouvez le laisser. Je sais qu'il n'est pas dans vos habitudes de manger des choses sucrées.

— Nous buvons nous aussi du thé, mais ne savons pas faire de gâteaux.

Toutes les louves goûtèrent la tarte, chacune allant de son commentaire. Certaines aimaient d'autres moins, mais la tarte faisait l'unanimité, elles avaient envie de gouter d'autres gâteaux. Athenaïs ne l'avait pas fait trop sucrée, car elle n'aimait pas les gâteaux avec beaucoup de sucre.

Lorsque Dayron rentra chez lui, il vit toutes ces louves discutant ou plutôt piapiallant dans sa salle à manger. Jamais il n'avait vu autant de monde chez lui. Le voyant, elles s'éclipsèrent en moins de temps qu'il ne faut pour le dire.

— J'espère que cela ne t'ennuie pas que j'aie fait entrer ces dames dans ta maison, mais elles ont senti ma tarte aux pommes et elles ont voulu y goûter.

Tout en parlant, Athenaïs débarrassait les tasses et les assiettes.

— Je suis heureux que tu te fasses des amies. Elles peuvent revenir quand elles veulent. Pendant ces six prochains mois, tu es chez toi aussi.

Elle prépara le repas. Ils regardèrent ensuite un film à deux. Athenaïs s'endormit dès les premières minutes. Cette première journée de liberté avait été éprouvante, beaucoup de changement. Dayron la déposa sur son lit, lui ôta ses chaussures et l'emmitoufla dans ses draps. Il la regarda un moment, quel curieux personnage. Il avait recueilli une femme pleine de surprise et de joie de vivre. Sa vie avait considérablement changé depuis qu'elle était arrivée dans son village. Elle avait bousculé tous ses préjugés sur les humains.

La semaine passa tranquillement. Tous les jours, ses nouvelles amies venaient voir ce qu'elle avait cuisiné. Elles s'intéressaient aussi aux plats qu'elle préparait. Mais elles ne repartaient pas sans goûter aux desserts. Une fois des crêpes, une fois un quatre-quarts. À la fin de la première semaine, Athenaïs se décida à parler à Dayron de son projet.

— Dayron, penses-tu qu'il y ait une place pour moi à la mairie ? Je suis secrétaire et j'étais spécialisée dans le juridique. Tu m'as dit que vous négociez des contrats avec les humains. Peut-être pourrais-je les regarder et voir s'il y a des failles ?

— Je ne sais pas, il faut que je voie cela avec le conseil. Je leur demanderai demain.

— Merci beaucoup.

Le conseil donna son accord. Elle se mit à éplucher tous les contrats, à regarder sur le Net les différents cas de jurisprudences. Elle potassa le Code commercial afin d'en apprendre le plus possible sur les lois américaines. Elle passa ainsi des heures, des jours à prendre des notes. À vérifier les comptes.

Elle finit par trouver plusieurs vices et fit tous les courriers afin de réclamer ce qui leur était dû. Avec dommages et intérêts. Ils reçurent plusieurs milliers de dollars non perçus.

Il fut décidé qu'Athenaïs accompagnerait Dayron lors de la réunion annuelle avec les humains qui avait lieu le mois prochain.

CHAPITRE 6

La trahison

Un mois s'était déjà écoulé et Athenaïs s'était accommodée à sa nouvelle vie. Elle avait maintenant une totale confiance en Dayron. Elle lui avait parlé de sa vie d'avant, de sa vie en France. Elle lui détailla sa détention dans le laboratoire, le pervers qui hantait quelques fois ses nuits. La douleur insoutenable de l'expérience. Ses doutes en l'avenir, ses peines.

Ils étaient devenus très complices, presque un petit couple. Athenaïs se surprenait quelques fois à rêver d'une vie avec lui. Certains soirs, elle se blottissait contre lui lorsqu'elle avait peur en regardant certains films. Dayron ne comprenait pas qu'elle ait peur à ce point-là. Elle se prenait aussi à rêver qu'elle vivrait avec lui comme sa compagne, mais elle se reprenait vite, car un tel homme ne voudrait pas d'une femme mi-louve mi-humaine, aussi gentil soit-il. Il avait de l'affection pour elle et la traitait bien. Jamais elle ne s'était sentie aussi bien.

Ce matin-là, les Terra Wolf partirent pour la réunion annuelle et Athenaïs les accompagnait. Cela ne choqua personne, car bien sûr tout le monde apprit qu'elle avait, grâce à son travail, récupéré des milliers de dollars.

Tôt le matin, ils s'étaient mis en route pour New York, plus exactement pour l'hôtel de ville situé dans le quartier de Manhattan, plus précisément dans le centre du City Hall Park. Ils étaient entrés dans le bâtiment depuis peu pour se rendre à la réunion, lorsqu'elle le vit son cœur s'arrêta. Il la regarda, la scruta. Athenaïs prit la main de Dayron et la serra fort. Il comprit que quelque chose n'allait pas. Elle était livide et baissait la tête. Il mit son bras autour de ses épaules. Les autres loups se mirent en alerte. Leur Alpha était nerveux.

Lorsqu'ils arrivèrent à hauteur de l'homme qui venait à leur rencontre, celui-ci s'arrêta.

— Madame, je pense que l'on s'est déjà vus.

Dayron ne lui laissa pas le temps de répondre.

— Monsieur, il est impossible que vous connaissiez mon épouse. À moins que vous ne soyez déjà venu dans notre village.

— Non, je ne suis jamais venu chez vous. J'ai dû me tromper. Veuillez m'excuser.

L'homme repartit, il n'arrêtait pas de se retourner. Il avait déjà vu cette femme, mais où ?

— Comment ça va ?

— Oh mon Dieu, c'est le pervers dont je t'ai parlé. Dayron, j'ai peur qu'il m'ait reconnue.

— Tu n'as pas à avoir peur, je suis là et les gardes sont là. Alors, ressaisis-toi, nous allons entrer en réunion.

Elle le regarda, il était impassible et dure. Il devait avoir raison, elle ne devait pas laisser ses émotions la dominer alors qu'ils allaient entrer en réunion. Elle aurait pourtant aimé avoir un peu de soutien de sa part, un geste une attention qui aurait pu la réconforter.

— Oui, ne t'inquiète pas, je vais me ressaisir et tout va bien se passer.

Elle prit une grande inspiration et elle entra dans la salle, toute souriante. Elle fut d'un grand professionnalisme. Car Athenaïs était une secrétaire juridique internationale et parlait couramment cinq langues en plus de sa langue natale, le français. Elle parlait l'allemand, l'anglais, le russe, le polonais et le néerlandais.

Grâce à son ouïe développée, pendant la réunion, elle entendit des personnes parler en allemand près d'elle. Elle ne releva pas la tête et prit des notes sur ce que disaient les Allemands. Lorsqu'ils eurent fini, elle donna discrètement un coup de pied à Dayron, c'était le signe qu'ils s'étaient donné pour alerter l'autre d'un problème. Il demanda une suspension de séance et ils sortirent. Enfin à l'abri des oreilles indiscrètes, elle leur dévoila ce que ces gens prévoyaient.

— Les Allemands parlent de territoires Terra Wolf dans leur pays qui sont situés dans le nord du pays et dirigés par le vieux loup gris. Tu le connais ?

— Il doit venir demain, je l'appelle.

— Non, pas maintenant. Demande-lui, si tu es d'accord, de venir dans notre village. Nous serons à l'abri des oreilles indiscrètes là-bas. Dis-lui juste de ne rien signer sans me parler d'abord. Il ne faut pas nous éterniser. Rentrons en réunion puisque les principaux intéressés concernés par cette histoire ne sont pas là. Je t'expliquerai tout cela dans la voiture.

Le reste de la réunion se déroula sans problème. Ils rentrèrent tard au village. Le lendemain, les Terra Wolf allemands vinrent à la réunion organisée par Dayron à la mairie.

Athenaïs leur expliqua en allemand que les Primas Indigènes de leur pays avaient détecté des traces de pétrole, dont le plus gros de l'exploitation se trouverait sur les terres des Terras Wolf d'après leurs experts. Ils vont leur proposer de louer cette partie de la terre avec une clause leur donnant libre accès sans aucun surplus de loyers sur ce qui se trouverait au-dessus, mais aussi en dessous de ce sol.

Athenaïs continua en anglais afin que tout le monde dans la pièce puisse la comprendre.

— Donc, plusieurs options s'offrent à vous. Soit rester ainsi et faire surveiller les terres, afin que les humains ne fourragent pas derrière votre dos en passant loin en avant et par le sous-sol et attendre que le prix du pétrole grimpe encore. Soit gérer vous-même cette exploitation pétrolière en louant les services d'un spécialiste. Soit laisser exploiter vos terres par les humains et leur demander quatre-vingts pour cent des bénéfices, mais attention à ne pas vous faire arnaquer et à bien surveiller le débit et le cours du pétrole.

— Merci pour votre aide mi-femme, mi-louve, dit loup gris.

Athenaïs ne s'en offensa pas. Après tout, c'est ce qu'elle était. Mais, elle se demandait s'il l'avait deviné par lui-même ou si on lui en avait parlé ?

— De rien, j'ai juste entendu parler ces hommes et je ne fais que vous rapporter les faits. Mais maintenant, c'est entre vos mains. Là-bas, je vous demanderai de ne me parler qu'en anglais. Je ne veux pas qu'ils sachent d'où viennent les infos. Je veux pouvoir continuer à les espionner.

— Bien sûr, n'ayez crainte.

Chacun partit de son côté pour la réunion.

Dayron commença les négociations avec le comité des humains. Il leur exprima son mécontentement quant aux derniers contrats signés et aux problèmes de non-paiement de certaines prestations. Il ne voulut pas signer le contrat tout de suite comme les autres années. Il demanda un délai afin de pouvoir les étudier sans préciser que ce serait Athenaïs qui les décortiquerait.

Elle mit plusieurs jours à les lire et à y mettre ses annotations. Dayron et le comité des anciens discutèrent des différentes modalités qu'elle avait mises en avant. Ils firent une contre-proposition qu'ils renvoyèrent.

Désormais, ils avaient une alliée de poids qui œuvrait pour le bien de la meute et qui connaissait bien le monde et les lois des humains. Elle fut chaleureusement remerciée par le conseil.

— Athenaïs, nous sommes heureux de t'avoir parmi nous et nous te remercions de toute l'aide que tu nous apportes.

— Ce n'est rien, c'était mon travail lorsque je vivais en France. Je suis contente de pouvoir le continuer ici et je suis surtout heureuse de pouvoir aider la meute qui m'a accueillie et m'a apporté tous les soins et l'attention que j'avais besoin lorsque je n'étais pas bien. Je vous dois à tous beaucoup. Je vous dois la vie.

— Nous avons parlé de ton aide aux Wolf allemands et de l'argent que nous avons récupéré grâce à toi. Ils veulent savoir si tu peux les aider en regardant leurs contrats.

— Ce serait avec plaisir, car je viens de finir de regarder les vôtres. Je serais contente de pouvoir aider d'autres meutes.

— Parfait, je leur ferai part de ta réponse.

Athenaïs commença à être connue dans le monde des métamorphes. Elle eut beaucoup de travail. En échange de sa collaboration, de son expertise, elle reçut un pourcentage des gains qu'elle récupérait. Elle rapporta comme ça beaucoup d'argent à la meute.

Cela faisait plus de cinq mois qu'elle vivait chez Dayron. Bientôt, elle allait devoir quitter cette maison afin de prendre son indépendance. Mais elle n'en avait pas envie. Elle aimait vivre près de lui, s'occuper de lui. Toutes les semaines, il lui apprenait à se défendre. À se battre, car le monde des loups n'était pas toujours rose et il voulait qu'elle puisse au moins se défendre.

Elle aimait ses moments avec lui. Ces corps à corps qui lui permettait de se rapprocher de lui, de toucher son corps.

Pendant un entraînement un peu plus musclé que les autres, des griffes sortirent des mains d'Athenaïs. Cela lui fit peur et elle commença à reculer loin de Dayron.

— N'aie pas peur, Athenaïs.

— Ne m'approche pas, je suis dangereuse et je suis une aberration.

— Tu n'es pas une aberration. Regarde, je peux faire comme toi.

Il ne transforma que ses mains et en sortit les griffes. Elle était stupéfaite, elle se rapprocha.

— Tu peux, si tu le veux, ne changer qu'une partie de ton corps ?

— Tout à fait. Alors, n'aie pas peur, tu n'es pas une aberration.

Rassurée, elle se calma et se rapprocha de lui. Maintenant que la panique qui s'était emparée d'elle avait disparu, ses griffes étaient rentrées toutes seules. Elle contempla ses mains, aucune trace de sang ou de plaies. Elle essaya de nouveau, mais ses griffes ne sortirent pas.

— C'est assez pour aujourd'hui, nous réessayerons demain.

Ils s'entraînèrent plus souvent afin qu'Athenaïs puisse sortir ses griffes à la demande et non pas en cas de colère ou d'énervement. Tous ces entraînements n'étaient pas pour lui déplaire, car elle était en contact avec Dayron.

Plus elle le côtoyait et plus elle avait envie de rester près de lui. Elle se sentait tellement bien avec lui. Elle aimait certains soirs lorsqu'ils regardaient un film et qu'il était en loup près d'elle, caresser son pelage. Il avait l'air d'apprécier cela car il se métamorphosait de plus en plus souvent en loup le soir.

Dayron n'avait pas l'air de trouver sa présence trop pesante. Il prenait même plaisir à discuter avec elle, il aimait rentrer le soir et la trouver chez lui à l'attendre. Un soir, alors qu'ils étaient blottis sur le divan à regarder un film et que Dayron ne s'était pas encore transformé en loup, elle prit son courage à deux mains et se lança.

— Dayron, suis-je obligée de quitter ta maison dans quinze jours ?

— Athenaïs, comme je te l'ai dit au début, tu es la bienvenue ici. Tu peux rester chez moi aussi longtemps que tu le souhaites.

— Merci, je me sens bien chez toi. Mais promis, dès que tu auras une femme dans ta vie, je partirai.

Il lui sourit.

— Faisons ainsi.

Elle se sentait apaisée de pouvoir rester près de lui, elle ne se sentait pas prête pour une vie dans une nouvelle maison en solitaire. Elle se sentait en sécurité près de lui.

Alors qu'elle faisait les courses, Athenaïs croisa Amanda, celle-ci vint droit sur elle.

— Comment vas-tu, Athenaïs ?

— Très bien Amanda et toi ?

— Très bien aussi. Alors, as-tu choisi la maison dans laquelle tu allais habiter ?

— Non pas encore.

— Tu devrais te dépêcher, car les six mois arrivent bientôt à expiration et tu vas devoir quitter la maison de Dayron.

— J'ai le temps, Dayron me laisse rester chez lui autant de temps que je veux ou jusqu'à ce que j'ai trouvé une maison qui me plaise.

— Tu es en train de me dire que tu restes chez lui ?

— Oui, tout à fait, je pense que ça nous convient à tous les deux. Je ne reste pas seule et lui n'a plus rien à faire chez lui.

— Oh si cela vous arrange tous les deux.

Athenaïs allait partir lorsqu'Amanda l'invita à prendre le thé. Elle refusa dans un premier temps, puis accepta sur l'insistance de celle-ci. Presque de la supplication, elle avait d'après elle envie d'apprendre à la connaitre et elle tenait à s'excuser de son comportement glacial. Elle voulait devenir son amie.

Athenaïs se retourna vers la marchande de viande. Celle-ci était étonnée du comportement d'Amanda. Elle était trop gentille.

Athenaïs alla comme convenu chez Amanda. Tout se passa bien, elle l'accueillit avec beaucoup de courtoisie. Athenaïs avait apporté un gâteau aux fruits. À peine avait-elle bu son thé que sa tête se mit à tourner et qu'elle s'endormit.

CHAPITRE 7

Disparue

— Où est-elle ?

— De qui parles-tu, Dayron ?

— Amanda, ne me prends pas pour un imbécile ! Athenaïs reste introuvable. Nous l'avons cherchée partout et tu es la dernière personne à l'avoir vue.

— Oui, elle devait venir chez moi, mais elle a dû changer d'avis car elle n'est pas venue.

— Laisse-moi passer, je vais regarder chez toi.

— Je suis chez moi et je ne tolère pas que l'on vienne fouiner dans ma maison. Si je te dis que je ne l'ai pas vue, c'est que je ne l'ai pas vue. Ma parole devrait te suffire.

— Je ne te crois pas. Je suis l'Alpha et je te demande de me laisser entrer. Sinon, je te fais mettre en cage.

Amanda se recula à contrecœur afin de le laisser passer. On ne pouvait pas aller contre les ordres de l'Alpha. Celui-ci commença à inspecter l'intérieur mais ne découvrit rien de suspect. Ashton, un de ses bras droits qui était sous forme de loup et donc avec un odorat plus développé, se dirigea vers l'arrière de la maison et commença à creuser.

Lorsque Dayron vit qu'Amanda essayait de s'éclipser, il la fit arrêter. Ashton revint avec un gâteau aux fruits et seule Athenaïs avait pu le confectionner.

Il fit amener Amanda à la mairie où il exposa devant les anciens les preuves qu'il avait trouvées.

— Amanda, as-tu quelque chose à déclarer ?

— Je ne comprends pas pourquoi vous faites tout ce tapage pour une humaine ?

— Ce n'est pas une humaine, c'est l'une des nôtres.

— Mais vous êtes tous devenus fous. Elle n'est pas l'une des nôtres, c'est une humaine qui vous a tous embobinés.

— Amanda, je te demanderai de modérer tes propos. Si nous, les anciens de cette meute, avons déclaré qu'elle était l'une des nôtres, alors, c'est que c'est une des nôtres. Maintenant, tu vas nous dire où est passée Athenaïs ?

— Je ne vous dirai rien.

— Dayron emmène-la et fais tout ce qu'il faut afin qu'elle nous dise où est passée Athenaïs

— Mais de quoi parlez-vous ?

— J'ai dit tout ce qu'il faut, c'est clair non ?

— Euh non.

Amanda commença à blêmir et à trembler. Elle savait très bien où l'ancien voulait en venir.

— Amanda, Dayron peut employer la torture. Emmenez-la.

— Non, pitié, je vous dirai tout ce que vous voudrez.

— Alors, parle.

Amanda se mit à pleurer. Son sort était scellé. Après s'être calmée, elle raconta son histoire.

— Je ne supporte pas cette humaine qui m'a pris mon amour. Elle se croyait tout permis et se croyait chez elle. Le pire c'est que tout le village n'a pas vu que cette arriviste et faux-cul de première les manipulait. J'aime Dayron et tant qu'elle était là, à le draguer, je n'avais aucune chance de l'avoir. Aussi, pour me venger, je me suis mise à la recherche de Lucius afin qu'il me débarrasse de cette garce. Il m'a fourni le somnifère et il s'est occupé de l'emmener. Il était très content car cette femme était recherchée par le centre et qu'elle allait lui rapporter beaucoup d'argent. Je n'ai pas demandé de contrepartie financière, je voulais juste qu'il me débarrasse de cette voleuse d'homme. Il la recouverte de feuilles et de menthe pour masquer son odeur et il est parti aussi discrètement qu'il est venu.

— Ce que tu as fait est impardonnable. Tu as donné une femme à qui l'on avait accordé notre protection. Tu as trahi ta meute. Donc, si Athenaïs ne revient pas parce qu'elle n'est plus apte à vivre parmi nous, alors, tu seras exclue de cette meute et si on apprend qu'elle est morte, tu subiras le même sort. Emmenez-la dans le cachot en attendant de savoir ce qu'il est advenu d'Athenaïs.

— J'ai fait ça par amour.

Amanda criait, elle se débattait alors qu'on l'emmenait.

Dayron demanda à s'entretenir en privé avec les anciens.

— Nous t'écoutons.

— Je vous demande la permission de partir pour le centre afin de libérer Athenaïs.

— Nous ne pouvons pas te laisser faire ça. Tu risques ta vie ou pire de te faire capturer.

— J'aime cette humaine et je ne pourrai pas vivre sans elle et surtout je ne pourrai pas vivre avec sa mort ou ses tortures sur la conscience. Elle est la femme que j'ai toujours attendue. Je sais que nous sommes différents, mais dès le premier regard, je suis tombé amoureux d'elle. Ne me demandez pas pourquoi mais c'est comme ça.

— Je comprends. Mais y aller seul, c'est du suicide.

— Je l'accompagnerai, dit Ashton.

— Moi aussi, je sais, je suis jeune mais je connais bien ce centre et je serai d'une aide précieuse, dit John.

— Moi aussi, dit Adam.

Le conseil se réunit quelques minutes.

— Nous avons décidé que vous pouviez faire une tentative mais que si vous ne la trouvez pas, vous devrez revenir immédiatement.

— Merci, c'est plus qu'il n'en faut.

— Dayron, nous comprenons ton attirance envers cette femme et si elle revient vivante et sans séquelles alors tu pourras te mettre en couple avec elle.

Dayron fut stupéfait de leur annonce. Il les remercia puis se réunit avec ses amis et gardes afin de préparer leur attaque.

CHAPITRE 8

Captive

Athenaïs se réveilla, elle était nauséeuse, elle avait très soif. Elle commença à ouvrir les yeux et reconnut de suite la chambre. C'était la même chambre ! Elle se retrouvait de nouveau dans cet effroyable établissement.

Elle blêmit lorsqu'elle vit qu'elle était revenue au centre et qu'elle était de nouveau habillée avec une blouse d'hôpital et n'avait que ses sous-vêtements sous cette blouse. Elle ne retrouvait pas ses chaussures. Elle entendit cette voix qui lui faisait toujours froid dans le dos.

— Je savais bien que c'était toi. Tu vois que tu es faite pour être avec moi et pas pour être avec cette erreur de la nature, ce loup. Tu vas finir par me supplier. Je vais t'avoir avec le temps, à l'usure.

À tout à l'heure, ma chérie. Tu as de la chance, car ils m'ont demandé de ne pas te brutaliser. Car je n'ai qu'une envie, t'éclater la tête comme tu me l'as fait la dernière fois sans compter tous les ennuis que j'ai eus à cause de toi. Mais tu vas finir par payer ce que tu m'as fait.

Athenaïs se recroquevilla sur elle-même. Elle ne voulait pas lui montrer qu'elle n'était plus la petite chose fragile. Elle était beaucoup plus forte et l'entraînement de Dayron avait fait d'elle une arme face aux humains.

Après un moment, une femme passa la voir.

— Mets-toi debout et viens jusqu'à la glace afin que je puisse voir ton évolution.

Athenaïs se leva doucement et vint jusqu'à la vitre. Elle regarda droit devant elle.

— C'est stupéfiant, tu as les yeux d'un félin. Pourquoi as-tu fait une teinture à tes cheveux ?

— Je n'ai pas fait teindre mes cheveux. Ils ont changé de couleur tout seuls.

— Oh comme c'est intéressant ! As-tu vu d'autres changements ?

— Je vois mieux la nuit.

— Et rien d'autre ?

— Non rien d'autre.

— Aucunes des autres femmes n'a eu ce genre de changement, c'est intéressant. Je te laisse tranquille ce soir et demain, on viendra te chercher pour faire des tests, prise de sang, mesure, vérification ophtalmologique. Avant de reprendre les expériences.

À ces mots, le sang d'Athenaïs se glaça. Elle ne voulait pas revivre une seule expérience. Elle resta calme et alla se rasseoir. Elle mangea le repas qu'on lui apporta et dormit le plus possible afin de prendre des forces et ainsi pouvoir s'évader.

Au matin, le pervers vint la chercher. Il ne put s'empêcher de la toucher. Lorsqu'elle sortit, il la plaqua contre la glace sans tain et lui tira les cheveux en arrière.

— Sale petite garce, la prochaine fois que tu me frappes, je te jure que je te tabasse. Tu vas voir ce que c'est que d'avoir un vrai mâle en toi et après tu en redemanderas, espèce de sale traînée. Est-ce que tu as bien compris ?

Athenaïs se retint de grogner et de le fracasser, ce n'était pas encore le moment. Elle se contenta de hocher la tête et elle s'. Il en profita pour la peloter, les seins et une grande partie de son corps. Elle était dégoûtée par ces attouchements et de ne pas pouvoir le mettre en morceaux. Elle décida de faire semblant de pleurer pour lui faire croire qu'elle était fragile. Il finit par la relâcher lorsqu'il vit ses larmes.

— Avance, petite salope.

Athenaïs ne répondit pas et baissa la tête. Elle ne voulait pas qu'il voie son visage plein de haine, ses envies de meurtres. Elle pria fort pour trouver une occasion de sortir de cet enfer. Elle y était arrivée une fois, elle y arriverait une deuxième fois. Elle préférait mourir plutôt que d'endurer encore une fois toute cette souffrance. Elle pensait à Dayron. La cherchait-il ou allait-il croire les mensonges d'Amanda ?

Elle avait tellement envie de le voir, d'être près de lui.

Elle entra dans une grande salle où étaient réunies pas moins de vingt personnes. Mr Johnson, son ancien directeur, était là aussi. Elle baissa de nouveau la tête afin de se ressaisir, car elle voulait le tuer lui aussi.

— Athenaïs, je suis heureux de te revoir et de voir que tu te portes bien.

Elle releva la tête et le regarda droit dans les yeux.

— Ce plaisir n'est pas partagé, Monsieur Johnson. Vous avez détruit ma vie.

— Ta vie, mais tu n'en avais pas, pas de famille et même pas un seul ami. Allons, je t'ai donné une raison de vivre, un sens à ta vie. Tu fais avancer la science. Tu devrais me remercier.

— Bon, nous ne sommes pas là pour les bavardages. Athenaïs, peux-tu nous parler de ce que tu as ressenti après l'expérience ?

— Je ne sais pas ce qui s'est passé juste après, car je n'en ai pas de souvenirs. Mais je peux vous parler de ce qui s'est passé après mon réveil.

— Tu dis que tu ne te souviens plus de ce qui s'est passé juste après l'expérience ?

— Tout à fait.

— Donc, tu ne te souviens pas d'avoir agressé Monsieur Dexter ?

— Qui est Monsieur Dexter ?

— C'est ton gardien, voyons. Tu ne t'en souviens plus ?

— Jusqu'à maintenant, je ne connaissais pas son nom. Et non, je ne me souviens pas d'avoir agressé Monsieur Dexter. J'en suis désolée car je ne suis pas violente par nature.

Elle se tourna vers le pervers et, avec un grand sourire, lui adressa des excuses :

— Veuillez m'excuser Monsieur Dexter si je vous ai fait mal.

— Bon reprenons, que s'est-il passé à ton réveil ?

— J'ai eu beaucoup de fièvre et lorsque je suis revenue complètement à moi deux semaines plus tard, la couleur de mes cheveux et de mes yeux avait changé.

— Qui t'a soignée ?

— Les loups

— Est-ce qu'ils t'ont donné des médicaments ?

— Non, rien du tout.

— Tu as mangé des choses spécifiques ?

— De la viande et des légumes.

— La viande était cuite ?

— Oui, elle était cuite.

— Le loup a dit à Monsieur Dexter que tu étais son épouse. Est-ce la vérité ?

— Non, je ne suis pas son épouse, je suis une humaine et lui un loup. Jamais un loup ne s'accouplera avec une humaine, cela serait contre nature pour eux.

— Et toi, qu'en penses-tu ?

— Je pense la même chose qu'eux, Madame.

— Pourquoi alors t'ont-ils soignée et gardée ?

— Parce que d'après ce qu'ils m'ont dit, je suis arrivée en même temps qu'un loup qui était détenu en captivité ici.

— Peux-tu me parler de leur village ?

— C'est un village comme le nôtre, avec des maisons, des magasins et une mairie.

— Une mairie ?

— Oui, une mairie. Il y a un conseil d'anciens qui statue lorsqu'ils doivent prendre des décisions sur un problème ou l'ouverture d'un nouveau magasin. C'est la même chose que chez nous.

— Mais alors, à quoi sert Dayron Wolfgard ?

— Il est leur porte-parole.

— Ils n'ont pas l'Alpha ?

— Je ne sais pas, ils ne m'ont pas expliqué en détail leur manière de fonctionner.

— Alors, que faisais-tu avec eux lors de la réunion ?

— Pour payer mon logement et ma nourriture, je travaille pour eux. Je suis secrétaire, j'étais là pour prendre des notes.

— Ils n'ont jamais pris de notes !!

— Non, je le sais. C'est moi qui leur ai suggéré de prendre des notes pour garder une trace écrite des réunions. Comme cette dame-là le fait.

Elle désigna une jeune femme qui prenait en note tout ce qu'elle disait. En plus d'être filmée. On notait scrupuleusement tout ce qu'Athenaïs disait.

— Enlève ta blouse que l'on vérifie ton corps et que l'on regarde si tu n'as pas eu d'autres transformations.

Elle enleva sa blouse et se retrouva en sous-vêtements. Le pervers était tout sourire.

— Tourne sur toi-même.

Elle s'exécuta docilement. Ils lui firent des tests sur les yeux, firent un prélèvement de sang et la pesèrent et la mesurèrent. Elle fut analysée sous toutes les coutures. Même ses dents comme un animal.

— Monsieur Dexter, vous pouvez la ramener à sa chambre et donnez-lui à manger afin qu'elle prenne des forces pour l'expérience de demain.

Athenaïs se rhabilla rapidement avant de suivre Dexter.

— Tu as un beau corps. Je vais me régaler, après cette nouvelle expérience. Demain, tu seras plus docile et tu me supplieras de te prendre. Elles l'ont toutes fait, tu ne seras pas différente.

— Combien y en a-t-il eu ?

— Je peux bien te le dire, car d'ici à quinze jours trois semaines, tu seras morte.

Il la regarda et s'amusa de sa détresse.

— Il y a en eu plus de vingt avant toi. Donc, autant te dire que je sais de quoi je parle. Tu vas faire ta chaude devant moi et me supplier de te prendre.

Athenaïs ne dit rien et baissa la tête jusqu'à sa chambre. Avant qu'elle ne rentre, il ne put s'empêcher de la toucher encore en rigolant. Lorsque le pervers fut parti, Athenaïs s'allongea sur son lit et se retourna pour être sûre que personne ne la voit. Elle était furieuse et n'avait qu'une envie, tuer cet enfoiré. Mais chaque chose en son temps.

Après son repas, elle se reposa. La journée passa très lentement. Elle ne tenait que parce qu'elle voulait retrouver sa liberté et, si elle en avait l'occasion, tuer le pervers.

Pourtant, le lendemain arriva bien trop vite. Lorsque Dexter vint la chercher, il était tout seul, ce qui prouvait que son plan avait fonctionné et qu'il la croyait vulnérable.

Lorsqu'elle arriva dans le couloir de son évasion, elle entendit un fracas, une vitre qui explosait et l'alarme se déclencha.

Athenaïs regarda vers l'endroit où elle s'était évadée plusieurs mois auparavant et elle vit Dayron, John et deux autres des gardes du village sous forme de métamorphes. Elle réagit de suite et se jeta sur Dexter, laissant exploser sa rage, des griffes sortirent de ses doigts remplaçant ses ongles. Elle lui assainit des coups dans le cou et l'égorgea. Un grognement puissant monta de sa gorge. Il s'écroula mort. Elle lui donna quand même plusieurs coups de pied en le traitant de tous les noms.

— Dayron, il faut détruire ce lieu de mort. Je sais où il faut aller, ce n'est pas loin, attendez-moi ici, je vais faire vite.

Elle ne lui laissa pas le temps de répondre et fila. Dayron la suivit. Les autres restèrent près de la fenêtre brisée, prêts à fuir, tels étaient les ordres que leur Alpha leur avait donnés en pensée.

Elle courut vers une salle qu'elle avait aperçue, avec un laboratoire et des ordinateurs. Elle tua tous ceux qui se trouvaient sur son chemin. Dayron l'aidait et couvrait ses arrières. Elle cassa le laboratoire puis prit un extincteur et aspergea tous les ordinateurs et tous les appareils électriques avec. L'alarme s'arrêta, les ordinateurs et les appareils électriques s'embrasèrent et l'eau commença à tomber des extincteurs situés dans les plafonds. Elle continua sa course vers les chambres. Elle les ouvrit toutes et fit sortir ceux qui étaient encore aptes à vivre dans le monde. Ils prirent avec eux deux jeunes loups qui étaient enfermés, dont un en mauvais état. Dayron leur demanda de se transformer.

Lorsqu'ils repartirent vers leur sortie, les loups étaient toujours là. Mais des humains ainsi que Monsieur Johson étaient étendus morts. Elle aurait bien voulu le tuer de ses propres mains.

— Je sais que tu es en colère, mais je n'ai pas agi de manière inconsidérée. Il leur faudra des mois voire des années pour reconstruire tout cela et reprendre leurs expériences. Donc, nos petits seront à l'abri pendant quelque temps.

Dayron s'abaissa et elle grimpa sur son dos.

CHAPITRE 9

Faire face à son destin

Ils furent accueillis par toute la meute. Athenaïs descendit du dos de Dayron ; les deux jeunes qui ne faisaient pas partie de leur tribu furent pris en main. Elle était toute à la joie de retrouver sa liberté. Elle était heureuse, mais son sourire la quitta lorsqu'elle vit Amanda. Elle entra dans une colère noire. Ses griffes sortirent et elle commença à grogner.

Tout le monde se tut. Dayron s'était transformé en humain et était en train de se rhabiller lorsqu'il entendit Athenaïs grogner. Il se précipita sur elle.

— Calme-toi.

Elle ne l'écoutait pas, elle était concentrée sur Amanda, elle continuait à avancer vers elle en grognant. Dayron s'interposa et mit ses mains sur ses épaules.

— Regarde-moi, dit-il fermement.

Elle le regarda.

— Calme-toi.

— Je dois lui faire payer ce qu'elle m'a fait. J'ai subi les assauts répétés du pervers, j'ai été examiné sous toutes les coutures, on m'a humiliée.

— Elle est déjà punie.

— Tu parles ! Elle est là à se balader tranquillement.

— Non, elle est là, car si tu étais morte là-bas, ou si j'avais dû te tuer, car tu étais irrécupérable, je l'aurais tuée de mes propres mains.

— Mais…

— Il n'y a pas de mais, comme tu es revenue, elle va devoir partir vivre dans une autre meute.

— Oh.

— Oui, oh, alors maintenant tu te calmes et tu rentres à la maison. John va t'accompagner. Tu m'attends là-bas tranquillement. C'est compris ?

— Oui, c'est compris.

Bien que contrariée, Athenaïs capitula. Dayron était l'Alpha et on ne discutait pas les ordres du chef. Elle baissa la tête afin que personne ne puisse voir qu'elle était contrariée. Elle marcha en direction de la maison accompagnée de John. Ils étaient presque arrivés lorsqu'ils furent attaqués par deux loups.

John, toujours en loup, se jeta sur l'un d'eux.

Athenaïs ressortit ses griffes et poursuivit le second. Elle ne lui laissa pas le temps de se faire mordre et sauta en l'air, fit une vrille et retomba sur le dos du loup. Toutes griffes dehors, elle les lui enfonça dans les côtes. Le loup couina. Elle lui asséna un deuxième coup dans les flancs. Le loup se cabra et sauta afin de la désarçonner. Il fut si brutal qu'il la balança à plus d'un mètre de lui.

Athenaïs roula sur le sol et se remit debout très vite. Mais le loup était déjà sur elle et essaya de la mordre. Athenaïs le repoussa et lui asséna un violent coup dans le cou. Il fut égorgé. Il s'écroula sur elle. Il était tellement lourd qu'elle ne put le rejeter sur le côté.

Ce sont les bras de Dayron qui le retirèrent. Il était hors de lui, la releva d'un coup et commença à la palper.

— Tout va bien, Dayron. Je vais bien.

— Tu es couverte de sang, tu es blessée ?

— Je ne suis pas blessée. C'est le sang de ce loup, lorsque je l'ai égorgé.

Il resta sans voix. Cette femme avait tué un loup.

— Rentre à la maison et prends une douche. Ashton, vérifie que la maison est sécurisée et reste avec elle. Ne la quitte pas d'une semelle.

Athenaïs était encore sous le coup de cette attaque, elle ne dit mot et obéit. Elle alla vers la maison. Tout le monde la regardait. Elle, l'humaine, avait tué un loup et elle était couverte de son sang. Elle avait peur qu'on la chasse de ce village pour avoir tué un des leurs.

Elle alla directement jusqu'à la salle de bains après avoir eu l'autorisation d'Ashton. Elle ôta rapidement ses habits, elle n'osa pas se regarder dans la glace et entra dans la douche. L'eau était rougeoyante, son visage, son cou et son torse étaient imprégnés de sang. Il lui fallut un moment avant de pouvoir tout enlever et retrouver une allure correcte. Elle se frottait frénétiquement, si fort que sa peau était toute rougie par la puissance de ses frottements.

Elle sortit de la douche, se sécha et s'enveloppa dans une grande serviette. Elle se regarda enfin dans une glace, elle était livide. Elle tremblait, ses jambes la lâchèrent, elle alla se blottir dans un coin de la salle de bains et commença à pleurer. Son kidnapping, le pervers et cette attaque avaient eu raison de ses dernières forces.

Elle était secouée par les sanglots lorsqu'elle sentit une main puissante la toucher, elle sursauta et ouvrit les yeux. Elle vit Dayron devant elle. Elle se jeta dans ses bras et continua à pleurer. Il la serra fort jusqu'à ce qu'elle se calme. Elle finit par le regarder.

— Je t'en supplie, ne me chasse pas.

— Pourquoi veux-tu que je te chasse ?

— Parce que j'ai tué l'un des vôtres.

— Mais tu es l'une des nôtres et tu étais en légitime défense, c'est elle qui t'a attaquée.

— Elle ?

— Oui, tu as tué Amanda.

— Oh non, j'avais envie de l'étriper après ce qu'elle m'avait fait, mais je ne voulais pas la tuer. Je ne savais pas que c'était elle. Oh mon Dieu ! Comment va John ?

— Il s'en remet, il n'est que légèrement blessé et son assaillant, un jeune loup qu'Amanda avait manipulé, est dans la cage en attendant son procès.

— Est-ce que je vais de nouveau aller dans une cage en attendant mon procès ?

— Pourquoi voudrais-tu que nous te jugions ?

— Parce que j'ai tué Amanda.

— Il faut que je t'explique une de nos lois. Dans notre monde, si tu tues quelqu'un par légitime défense, alors tu n'as fait que te défendre. Tu as deux témoins qui ont certifié que c'était de la légitime défense. John nous a tout expliqué et une des femmes qui passait par là a vu Amanda se jeter sur toi. Elle a cru que tu allais être mise en charpie. Quelle ne fut pas sa surprise lorsqu'Amanda est morte sous ses yeux. Je suis arrivée juste après pour enlever le corps d'Amanda. Je suis fier de toi.

— Oh, ah bon ?

— Tu vas arrêter de dire Oh. Tu es une des nôtres maintenant et je suis fier de toi. Tu as réussi à survivre à deux emprisonnements. Tu as détruit ce centre et tu as combattu une des plus féroces louves de la meute. Si tu savais à quel point j'ai eu peur de ne plus te revoir. Je me suis beaucoup attaché à toi et je ne supporterais pas de te perdre.

Athenaïs le regarda, elle resta sans voix. Jamais elle n'aurait pensé qu'un jour un homme tel que Dayron s'intéresserait à une femme comme elle et surtout qu'il lui dirait des choses aussi jolies. Il était si beau, si fort et si gentil envers elle.

— Je pensais que tu ressentais quelque chose pour moi. Est-ce que je me suis trompé ?

— Dayron, tu ne t'es pas trompé, mais je ne pensais pas qu'un loup pouvait se mettre en couple avec une humaine.

— Tu n'es plus tout à fait une humaine. À part le fait que tu ne te transformes pas, tu as tout d'une louve.

— C'est vrai que je suis entre la femme et la louve. Mais que dira ta meute ?

— J'en ai déjà discuté avec les anciens lorsque je leur ai dit que j'allais te rechercher là-bas au centre. Ils ne comprenaient pas que je prenne autant de risques pour une humaine. J'ai dû leur dire que je t'aimais. Ils n'ont pas été surpris, car ils ont vu que mon comportement avec toi était différent. Mais ils pensaient que ce n'était que de la protection envers une personne vulnérable, ce que tu étais au début. Alors, que penses-tu de toi et moi, de nous ?

— Je pense que je suis une femme comblée, que depuis le premier jour où je t'ai vu, j'ai rêvé de faire partie de ton univers, de pouvoir rester près de toi, sans espérer un jour pouvoir partager ta vie.

— Je comprends mieux maintenant ton comportement lorsqu'Amanda t'a dit qu'elle était ma compagne.

— Oui, je n'ai pas supporté que cette femme se fasse passer comme telle alors qu'il n'en était rien. Je ne sais pas, peut-être qu'inconsciemment j'étais jalouse. Mais j'ai mis cela sur le compte de ma transformation. Puis je suis venue chez toi et j'ai pris beaucoup de plaisir à vivre auprès de toi, à prendre soin de toi. Mais je me suis interdit de t'aimer afin de ne pas souffrir. Seulement, on ne peut pas cadenasser son cœur, contrôler ses émotions. Aussi, je peux te dire sans hésitation que je t'aime et que j'aimerais continuer ma vie près de toi si tu le veux.

Il ne dit rien, se pencha et l'embrassa. Ils échangèrent un baiser passionnel puis se regardèrent un moment dans les yeux, ils furent interrompus avant de se faire un deuxième baiser. Dayron se leva et aida Athenaïs à se relever. Il alla ouvrir la porte, un des gardes des anciens était là.

— Le comité veut te voir.

— Athenaïs, tu restes à la maison et tu ne bouges pas de là jusqu'à mon retour.

— Non, le comité l'attend aussi.

— D'accord, Athenaïs vient de prendre sa douche, il faut qu'elle s'habille, nous arrivons dès que possible.

— Non, tu viens tout de suite avec moi. Elle nous rejoindra dès qu'elle sera prête.

— Athenaïs, prépare-toi. Ashton t'accompagnera jusqu'au comité.

Elle hocha la tête, puis lorsque Dayron eut quitté la maison, elle alla jusqu'à sa chambre afin de s'habiller. Athenaïs commença à avoir peur, et si le comité avait changé d'avis et si elle était punie pour avoir tué Amanda et s'ils n'étaient plus d'accord pour que Dayron et elle soient ensemble. C'est nerveuse, qu'elle quitta la maison accompagnée d'Ashton. Elle se ressaisit lorsqu'elle entra dans la pièce principale. Elle regarda Ashton, il lui sourit avant de s'éclipser.

La pièce était grande. Au fond, il y avait cinq des dix anciens assis sur de grandes chaises, presque des trônes. Il y avait non loin d'eux cinq gardes à leurs côtés et Dayron était au milieu de la pièce. Elle attendit dans le fond qu'ils aient fini de parler. Un des anciens lui fit signe d'approcher. Elle se redressa et avança aussi fièrement qu'elle le pouvait.

Lorsqu'elle arriva à la hauteur de Dayron, elle s'arrêta à côté de lui.

— Approche encore.

Athenaïs regarda Dayron. Il lui sourit et lui fit signe d'avancer. Elle avança vers eux. Un homme se leva et vint à sa rencontre, il était suivi de près par son garde. Il s'arrêta à sa hauteur.

— Fascinant. Tu as tout d'une louve. Tu bouges comme une louve, tu as les yeux d'une louve et, d'après ce que l'on m'a dit, tu te bats comme une louve.

Les autres anciens s'approchèrent d'elle, suivis de leurs gardes. Ils l'observèrent tous de près.

— En effet, fascinant. Pouvez-vous nous raconter ce que l'on vous a fait subir ?

— Oh cela va être très bref, car je n'ai subi qu'une injection de couleur jaune. Ce fut horrible, j'ai cru que mon corps se désintégrait. Ils m'ont attachée, m'ont mis un bâillon afin de ne plus m'entendre hurler. Après un très long moment, la douleur s'est atténuée. Mon corps tremblait et était trempé de sueur. Puis la transformation a continué à se faire pendant une semaine durant, ici sur votre territoire. Maintenant, je suis stabilisée. Mon corps ne subit plus de mutation.

— Tu peux sortir tes griffes d'après ce que l'on m'a dit.

— En effet.

— Est-ce que je peux voir cela ?

— Oui, mais je préfère reculer un peu, car je ne voudrais pas vous blesser.

Il acquiesça, elle se recula suffisamment et d'un geste des mains, elle fit sortir ses griffes.

— Ouah, c'est impressionnant. As-tu d'autres capacités ?

— Mes sens sont plus développés qu'avant et je cours aussi plus vite.

— Pas d'autres transformations ?

— Malheureusement non, je ne serais jamais tout à fait comme une louve et je ne suis plus tout à fait une humaine.

— Oui, je vois. Regrettes-tu d'avoir subi ces transformations ?

— Je me suis adaptée à ma nouvelle condition et cela ne me pose pas de problème d'être ce que je suis devenue. Si l'on ne m'avait pas envoyée ici et si je n'avais pas subi tout cela, je n'aurais jamais rencontré Dayron et jamais rencontré votre meute. Je suis plus heureuse de vivre ici maintenant auprès de Dayron que je ne l'étais dans mon ancienne vie d'humaine. À part Amanda, je pense que tout le monde m'a acceptée, je ne me sens plus seule et j'ai plaisir à vivre parmi vous, si vous acceptez que je reste.

— Pourquoi penses-tu que nous n'acceptions pas que tu restes ici ?

— Parce que j'ai tué Amanda. Dans mon monde, lorsque l'on tue quelqu'un, même par légitime défense, on risque la prison.

— Dans notre monde, si la légitime défense est prouvée, alors la personne reste libre. Il me semble que Dayron te l'a expliqué.

— Oui, il me l'a expliqué, mais vous m'avez demandé de venir, alors j'ai pensé que j'avais fait mal.

— Non, tu n'as rien fait de mal mais, nous étions curieux de te voir de près afin de comprendre qui était la personne qui avait ravi le cœur de notre célibataire le plus endurci. Sois la bienvenue dans notre meute. Dayron, sois heureux avec cette femme. Nous te confirmons notre bénédiction et tu pourras même l'épouser si tu le souhaite.

Ils partirent tous se rasseoir. Dayron, voyant qu'elle ne bougeait pas, alla la chercher. Il lui prit la main et ils sortirent de la pièce. Elle leur lança un petit signe avant de sortir.

— Ouah, j'avais l'impression d'être à un entretien d'embauche, avec contrôle médical.

— C'est presque ça, tu as passé le test qui te permet de rester près de moi et tu l'as passé haut la main. Ce que tu as dit était beau.

— J'ai juste dit ce que je ressentais.

— Allez rentrons à la maison. Nous avons besoin de repos et besoin de nous retrouver seuls.

CHAPITRE 10

Une nouvelle vie

Lorsqu'ils sortirent de la mairie, Athenaïs vit que beaucoup de personnes étaient réunies sur la place. Un couple s'approchait d'eux. Dayron se mit devant Athenaïs.

— Bonsoir Anne, bonsoir Jean.

— Bonsoir Dayron, pouvons-nous parler à l'humaine ?

— Je pense que la mort de votre fille est bien trop récente pour que vous puissiez vous entretenir avec Athenaïs.

— Nous ne lui voulons pas de mal, mais juste savoir pourquoi elle en est venue à des extrémités pareilles.

— Votre fille était très amoureuse de moi et elle n'a pas supporté qu'Athenaïs vive chez moi et que je lui accorde plus d'importance qu'à elle. Mais je ne peux pas commander mon cœur. Je vous rappelle qu'elle a livré Athenaïs au centre. Je l'avais prévenue que si elle s'en prenait encore à elle, elle serait bannie.

— Notre fille est morte, car elle était jalouse d'une humaine ?

— Oui, c'est ce que je dis.

— Tu dis n'importe quoi.

— NON, il ne dit pas n'importe quoi. Tout le monde ici pourra vous dire qu'Amanda était très éprise de Dayron et qu'elle ne supportait pas la vue d'Athenaïs, dit une des marchandes de la place.

— C'est faux, elle nous a toujours dit que Dayron l'insupportait.

— Hélas, c'est la vérité.

— Madame, Monsieur, je puis vous assurer que je n'ai jamais voulu tuer Amanda. C'est vrai que je lui en ai voulu de m'avoir fait revivre l'enfer en me livrant au centre d'expérimentations, mais je puis vous assurer qu'il n'était pas dans mes intentions de la tuer. Mais, elle m'a attaquée. Je n'ai fait que me défendre.

— Menteuse, c'est toi qui étais jalouse d'elle et tu as inventé toute cette histoire pour te débarrasser d'elle.

— Ça suffit.

Tout le monde se retourna vers les anciens qui venaient de sortir de la mairie. Ils sortaient rarement et ne se mêlait pas à la population afin de pouvoir garder leur intégrité.

— Jean et Anne, nous sommes tous désolés de la perte de votre fille. Mais les faits sont là et l'humaine a agi en légitime défense. Aussi, je vous préviens, si vous agissez par vengeance contre cette femme qui fait partie de notre meute, vous devrez en répondre devant le conseil et la sentence sera terrible.

On ne contredisait pas un ancien. Les parents de la pauvre Amanda se retirèrent sans dire un mot. Le père se retourna et regarda Athenaïs.

— Tu n'as rien à craindre de nous. Nous respecterons les ordres du conseil. Nous avions seulement besoin de réponses.

Athenaïs hocha la tête en forme d'acquiescement. Dayron la prit par le bras et la ramena rapidement jusqu'à la maison. Enfin à l'abri des regards et des oreilles indiscrètes, il la prit dans ses bras, elle était toute tremblante. Il lui releva le menton et l'embrassa, puis il mit ses mains sur son visage, lui caressa une joue. Il la fixa quelques minutes.

— J'adore tes yeux, tu es tellement belle. J'ai beaucoup de chance de t'avoir dans ma vie.

— Tu es conscient qu'une partie de ta meute ne te parlera plus ou pire ne te respectera plus ?

— Ne t'inquiète pas pour cela, avec le temps toute la meute t'acceptera. Le conseil a béni notre relation et tu fais beaucoup pour la meute et les autres meutes. Donc tout va bien. Fais-moi confiance.

— Je te fais confiance.

Il l'embrassa tendrement.

— Je veux que nous allions à ton rythme.

— Je t'aime et je veux pouvoir me réveiller tous les matins près de toi. Tu peux si tu le souhaites dormir sous ta forme de loup. Lorsque tu es en loup, cela ne me dérange pas. Le seul inconvénient, c'est la communication, car nous ne pouvons pas discuter par télépathie comme tu le fais avec les autres loups de la meute.

— C'est gentil de penser à mon bien-être, car il est vrai que j'ai besoin de me transformer régulièrement en loup pour me sentir bien.

— Je sais. Par contre, je ne souhaite toujours pas manger de lièvre cru et autre bestiole que tu auras chassée.

— Je le comprends, mais tu rates quelque chose, car la chasse est très relaxante. Il n'y a rien de tel que la traque pour se mettre en appétit.

— En parlant d'appétit, je commence à avoir faim.

— Oui, moi aussi, nous n'avons rien mangé depuis ce matin.

— Parle pour toi, je n'ai rien mangé depuis hier midi.

— Ils ne t'ont rien donné à manger depuis ton arrivée au centre ?

— Si au début, mais ce n'est rien. Je vais me préparer un repas pendant que tu vas chasser.

— Non, il n'est pas question que je te laisse seule.

— Dayron, tu ne pourras pas rester constamment avec moi. Il faut que la vie reprenne son cours et nous devons faire avec le passé sans bloquer notre avenir.

— Tu as raison, je ne vais pas m'absenter trop longtemps.

Il l'embrassa avant d'aller dans sa chambre afin de se déshabiller et de se transformer en loup. Lorsqu'il réapparut, Athenaïs était déjà dans la préparation de son repas. Le beau loup blanc vint se frotter à elle. Elle ne put résister au plaisir de passer ses mains dans ses poils si soyeux. Elle lui fit un baiser sur son museau avant d'aller lui ouvrir la porte.

Seule, elle continua son repas, des spaghettis avec un steak. Un repas simple, mais qu'elle dévora. Épuisée par cette journée, elle se mit en tenue de nuit et alla se coucher dans son lit. Elle ne savait pas si elle pouvait dormir dans la chambre de son bien-aimé. Elle n'eut pas le temps de se poser la question très longtemps, car elle s'endormit très rapidement.

Elle fut réveillée pendant la nuit par un cauchemar. Elle sentit une grosse boule de poils qui s'était couchée près d'elle au-dessus du lit. Elle passa par-dessus les couvertures et vint se blottir contre lui. La chaleur de son corps la replongea immédiatement dans les bras de Morphée.

De doux baisers lui firent ouvrir les yeux. Dayron la regardait tout sourire.

— C'est l'heure de te lever. Il est déjà dix heures.

— Quoi dix heures ! Mais pourquoi ne m'as-tu pas réveillée avant ?

— Tu avais l'air tellement épuisée hier soir. J'ai préféré te laisser dormir un peu plus tard.

— Merci, c'est gentil.

Elle lui fit un rapide baiser avant d'aller dans la salle de bains. Elle se prépara rapidement et le rejoignit dans la cuisine. Elle l'enlaça et l'embrassa.

— Je suis prête pour une nouvelle vie.

— Parfait, je finis de te préparer ton petit déjeuner. Installe-toi, je t'apporte tout ça.

— Hummm, ça sent très bon.

Il lui apporta son petit déjeuner préféré, du pain grillé, du beurre, de la confiture et un bol de lait chocolaté.

— Merci beaucoup. C'est la première fois que tu me prépares mon petit déjeuner.

— Oui, c'est une grande première pour moi, mais comme tu étais épuisée, j'ai essayé de faire la même chose que toi. J'espère que tu aimeras.

— Je n'en doute pas. En tout cas, ton attention me touche. C'est la première fois que l'on me prépare le petit déjeuner. Merci beaucoup.

Elle mangea avec entrain.

— Je suis bien avec toi.

— Nous allons avoir une vie pleine de bonheur.

— Penses-tu que nous aurons des enfants ?

— Je ne sais pas, laissons faire la vie.

— Oui, tu as raison, laissons faire la vie.

Il la prit dans ses bras et l'embrassa tendrement. Il avait enfin trouvé celle qu'il cherchait depuis longtemps.

Elle avait enfin trouvé un foyer, une grande famille. Plus jamais elle ne serait seule. Elle savait qu'elle serait très heureuse auprès de cet homme fabuleusement séduisant et qu'elle aimait passionnément.

Elle n'avait jamais dans ses rêves les plus fous pensé qu'elle finirait sa vie aux États-Unis auprès d'un métamorphe loup, et surtout, elle n'aurait jamais pensé un jour être aussi heureuse et épanouie.

Bien sûr, beaucoup d'obstacles les attendaient, une mi-humaine avec un métamorphe, cela ne s'était jamais vu. Mais à deux et grâce à leur amour, ils vaincraient.

ÉPILOGUE

— James ! Ne cours pas si vite, attends ta sœur. Elle ne peut pas se transformer comme toi.

James courait toujours dans la prairie. Il s'arrêta, se déshabilla et se transforma en louveteau.

Anthéa, sa petite sœur, se retourna vers sa mère.

— Maman, James ne veut pas m'attendre !

— Reviens ici, on va rentrer tranquillement à la maison et on se fera des cookies.

— Oh oui, des cookies, j'arrive.

— Regarde, ton frère est parti courir avec les autres louveteaux de la meute. Je pense qu'on ne le reverra pas avant ce soir.

— Pourquoi est-ce que je ne peux pas me transformer moi aussi ?

— Je te l'ai déjà dit, Anthéa. Ton frère tient de ton père et toi, tu tiens de moi.

— J'aimerais aussi pouvoir me transformer, maman.

— Moi aussi, mais tu sais que je suis une femme mi-humaine mi-louve et je t'ai déjà dit comment cela était arrivé.

— Oui, de méchantes personnes t'ont fait du mal et tu es devenue mi-femme, mi-louve et c'est comme ça que tu as rencontré papa.

— Je suis heureuse comme ça et tu dois, toi aussi, accepter ta condition. Tu verras, la vie est belle. Ton père et moi, nous t'aimons plus que l'infini.

— Moi aussi, je vous aime plus que l'infini, mais où est papa ?

— Papa en tant qu'Alpha est très occupé. Il travaille.

Alors qu'elles rentraient à la maison, elles croisèrent Dayron.

— Comment vont les femmes de ma vie ?

Anthéa se jeta dans les bras de son père. À cinq ans, elle avait encore besoin de toute l'attention de ses parents.

— James s'est transformé en loup et il est parti avec ses copains. Il ne m'a pas attendu.

— Tu sais, ma petite choupinette, ton frère a dix ans et il a besoin de courir avec ses amis, c'est de son âge.

— J'aimerais aussi courir. Mais je ne peux pas.

— Tu ne peux pas, mais tu sais faire de super cookies. Si tu invitais tes petites camarades à venir prendre le goûter. Elles seraient contentes de passer du temps avec toi. Ensuite, vous pourrez jouer à la poupée.

— Oh oui, je vais aller les voir. Elles seront contentes de venir à la maison.

Elle fit un rapide baiser à son papa et partit en courant.

Anthenaïs vint se blottir dans les bras de Dayron.

— Nous avons de magnifiques enfants.

— Oui, nous avons de magnifiques enfants et j'ai aussi une superbe femme. Je suis le loup le plus comblé que l'on ne puisse voir. Depuis douze ans que nous vivons ensemble, pas un jour ne passe sans que je remercie le ciel de t'avoir rencontrée.

— Je suis la femme la plus heureuse qui puisse se trouver sur terre. J'ai un époux que j'aime autant qu'au premier jour et des enfants adorables et en bonne santé. Que demander de plus à la vie ? Je t'aime, mon amour.

— Je t'aime, ma chérie.

Ils s'embrassèrent passionnément.

Le temps leur avait donné raison. Ils avaient trouvé dans l'un l'autre le bonheur. Et la vie leur avait offert deux beaux enfants. Un petit garçon métamorphe et une petite fille mi humaine mi louve.

ATHENAIS

ENTRE FEMME ET LOUVE

Couverture : Walkyrie Créations

Fleuron et carte : Emmanuel Ramberg

Tous droits de reproduction, d'adaptation et de traduction, intégrale ou partielle réservés pour tous pays.

ISBN papier :

978-2-901-79701-2

ISBN Dépôt légal : novembre 2018

www.ingramcontent.com/pod-product-compliance
Ingram Content Group UK Ltd.
Pitfield, Milton Keynes, MK11 3LW, UK
UKHW021126260726
13994UKWH00001B/7